LA DESOBEDIENCIA

(ó EL CUERPO VACÍO)

ALEJANDRO AGUILAR

www.iliadaediciones.com

ILIADA EDICIONES
Heidebrinker Str.15
13357 Berlín
Alemania

Maquetación: Tobías S. Hirsch
Edición/Corrección: Lauren T. Hope.
Logo Ilíada Ediciones: Maikel García
Diseño: MJA —AV Kreativhaus UG

A Vincent Van Gogh.

A Freddy Mercury.

A nuestro "Caballero de París".

La desobediencia

(ó El cuerpo vacío)

———————————————————

0

La magia del momento

El inminente encontronazo con el monstruo de mil cabezas lo empuja hacia el vértigo. Frente al reverso del telón, sombrero mágico, Paco resbala piel adentro hacia las vísceras del personaje que encarna. Será esta noche o no será nunca. Debe lograrlo para que todos sientan su presente cruzado de angustias, alzado únicamente por la fe en sus propias fuerzas, en lucha con los desprendimientos posibles del personaje. Sus desprendimientos. Vidas paralelas que a ratos se entrecruzan y vuelven a darse en ciclos que algo o alguien determina, dejando al hombre en la inmensa soledad del actor. Náuseas diferentes erosionan su aplomo cuando las enormes alas se abren acelerando la asfixia ante la masa oscura, ávida de arrancarle la vida en palabras y gestos que no serán más los suyos. Apropiación inevitable para llegar a la epidermis del ser que habla. Soledad en el cerco de candilejas. Usurpación cargada de dolor y de goce. Manipulación al fin. Sobre los años en que estuvo alejado de estas lides está él, tembloroso, tratando de fingir serenidad. En un momento siente los temblores en retirada y vislumbra una posibilidad de alcanzar el éxtasis. Inhala todo el aire del mundo en otro esfuerzo por controlarse hasta que, poco a poco, va adueñándose de la situación. Y con un empuje más, como de salto a ciegas en el vacío, se funde con el ser que sale a la superficie con la tristeza de quien vivió otras vidas, tan lejos y tan cerca de la suya.

... Una generación no está hecha de personas de la misma edad, sino de personas que viven y trabajan juntas... por así decirlo, en el mismo barco...

El silencio pesa más que la oscuridad. Sólo la figura del hombre escapa de lo negro, apenas sostenida por líneas luminosas que dibujan su silueta a la altura de los hombros. Su sombra es un cuchillo que penetra el haz sobre la escena y amenaza desatar las pasiones de la audiencia

...ahora bien, desde hace algún tiempo, muchos pasajeros caen al agua. Pronto quedará tan poca gente de la tripulación que el barco irá a perderse en alta mar y se convertirá en un pecio...

Se activa el sobrecogimiento de la masa oscura. Negro vibrante sobre negro en postración *¡He visto desaparecer tantos capitanes!* Murmullo de ventanas acosadas por el viento. Campo de girasoles que gimen, dejándose llevar por la melodía que se extiende hacia los prados de la noche. Calculados silencios. Complicidades mal disimuladas

...con frecuencia, he tenido que tomar la rueda del timón cuando, antaño, descansaba confiado en la sabiduría de navegantes más advertidos que yo...

La figura se recoge sutil sobre sí misma mientras se acerca al final del parlamento, hasta que el largo mutismo de la audiencia salta en añicos y la ovación lo acribilla. Él se hunde en una profunda reverencia, al tiempo que en su gastada pupila la sala, el público y la extensa curva del proscenio ascienden como la luz. Su cabeza pende muy cerca del piso y la sangre se agolpa, queriendo estallar por gravedad y júbilo. La ovación aplastante del respetable que delira al otro lado del foso le hace levitar como en un sueño dentro de otro sueño. Todo en un momento. Años de vida que suben y bajan con el vértigo de una ola de recuerdos, alegrías lejanas, vacíos que se esfuman. El rumor de un campo de junquillos batido por el viento en Auvers-sur-Oise se aleja cual escenario rodante que desaparece tras un nuevo decorado, al tiempo que el telón cercena la maravilla del reencuentro; la oreja cortada que no alcanza a detener la vida ni aplaca la intensidad de su locura. El público de siempre frente a Paco del Real, que vuelve a ser el mismo de entonces.

Una vez incomunicado por la gruesa cortina, y aún antes de que la avalancha de actores se lance sobre él, Paco masculla improperios extemporáneos:

—Magnífico texto. ¡Gracias, Cocteau! —y ahora en voz que trata de alcanzar al otro—. Pero el final es patético. ¡No se debe manipular al público de tal modo! —Sus comentarios son salvas que se pierden en la indiferencia del grupo. Ya llegan hasta él los primeros abrazos, los segundos gritos, los muchos besos, la algarabía. Marcos no aparece aún. Se reserva la magnanimidad del director orgulloso de su baza de triunfo para el momento en que la *troupe* se abra en dos y un pasillo improvisado los lance al uno contra el otro, y de nuevo la histeria, los griticos, las emociones de la farándula... ¿Y Julia? Ella está sola, en aquel ángulo que no alcanza a verse desde el lunetario porque la visión de las vísceras que mueven la escena rompería la magia del acto teatral. Aislada, como lo estuvo desde aquel lejano día, hace casi veinticinco años, cuando hizo voto de sacrificio para salvar a Paco. Anclada en pleno territorio de la verdad. No aplaude. Lo mira de frente, casi desafiante, pero sólo percibe un desfile de imágenes sobre los sucesivos *blackouts* y las escasas iluminaciones acontecidas en todos estos años. Los hechos la desbordan, y cuando no resiste, se da vuelta para que él no pueda ver que llora.

1

Puntos de partida

Más de quinientos mil habaneros se dieron cita para recibir al líder soviético, Mikhail Gorbachev, que arribó a nuestro país a las 5:58 de la tarde de ayer, 2 de abril de 1989, cumplimentando una invitación del Primer Secretario del Partido Comunista de Cuba... La hoja de papel planea indecisa cambiando varias veces la dirección del movimiento en la medida que desciende, rompe el ritmo, se pliega, e intenta un ascenso imposible antes de caer derrotada por su propio peso más allá de los límites donde él pueda alcanzarla con la punta de la bota *...el pueblo de la capital, en representación de todos los cubanos, tributó al visitante una calurosa bienvenida a su paso por la avenida de Rancho Boyeros...* Se queja de la maldita necesidad de inclinarse bajo la mesa para no ser visto, con lo mal que se siente, y se arquea mientras su mano alcanza el frasco oculto entre las piernas y entonces bebe un largo trago de *"Chisp'e tren"* o "Destello ferroviario", como gusta decirle a su inseparable compañía *...Radio Reloj da la hora... tres cuarenta y siete minutos...* —¡Uf! —apenas alcanza a recuperar el papel y la postura. —Este cabrón no es capaz de hacer tiempo. Quiere dejarme en evidencias *...el texto...* ¿dónde estamos? ¡Aquí! *...Más de quinientos mil habaneros se dieron cita para recibir al líder soviético, Mikhail Gorbachev, que arribó a nuestro país...* ¡Coño! ¡Ahora sí la jodí!... *en el minuto anterior... Radio Reloj da la hora... tres cuarenta y ocho minutos...* Al otro lado de la mesa, la mitad del rostro cubierto por el inmenso micrófono que cuelga del techo, el colega que alterna con él minuto a minuto en el noticiario lo mira con una mezcla de burla y reprobación, la misma expresión de todos en su entorno. Las mismas caras de siempre. Rostros ajenos, como prestados para estar sin ser. Perfectas válvulas de escape. Paco rodeado por ausencias mujer, ausencias hombre. Cuerpos que no sancionan ni rechazan, pero apenas toleran. Cerebros cómplices...

A través del cristal ve el rostro cárdeno del jefe, que le hace señales de urgencia para que salga de la cabina. Le espera en su oficina. Otra reprobación —¡bah!— y Paco aprovecha el recodo del pasillo para terminar el trago que no pudo fluir como a él le gusta, encorvado como estaba en aquella posición de borrico lactante. ¡Ah! Ahora se siente mejor. ¡Listo para un nuevo sermón!

—¡Paco del Real, carajo! ¿Qué estás haciendo con tu vida? ¡Ya no eres un niño! ¿A quién crees hacer daño con eso? ¿No te das cuenta de la responsabilidad que tenemos todos aquí? ¡Esta no es una emisora deportiva!

Es el tono lectivo de alguien impuesto allí para que mantenga el control de la emisora. Es el alcohol que devora con obsesión a Paco del Real, ese fantasma que se mueve en su cuerpo, engendro que ya nunca podrá volver a ser la persona ni el artista que fue. Pero "El jefe", como le encantaría que todos le llamaran, no es más que un mediocre, un controlador de temas, frases y locutores atados a un libreto rigurosamente vigilado...

—Sabes que te respeto...

Buena falta le hace el cacareo de alguien que no se respeta a sí mismo. ¡Bah! Deja caer ante su mirada esa cortina que silencia y hace nevar sobre las imágenes que capta la retina. Lo invade la amable sensación del banco de parque que le acogió la noche anterior, como otras muchas. Duro y helado, pero solidario con su hastío, calmante contra el vértigo, banco de parque, amigo. A ratos, su visión se retrae y algún que otro sonido llega a su subconsciente. El paso de un camión que golpea sus oídos a la altura del asfalto. Una lata vacía que rueda con sorpresa ante el empuje de un viento extraviado en el sólido verano. Ruidos de la ciudad aún seductora. Sugestopedia vana.

—¿Te acuerdas de la época en que tu nombre figuraba con letras grandes en las carteleras teatrales?... Yo era de los que te saludaba por la calle sin que tuvieras idea de quién era... ¿Y qué has hecho de ti? ...

Sí. ¿Qué han hecho de mí "los que me conocieron en la época en que mi nombre figuraba con letras grandes en las carteleras teatrales", los que actuaron con todas las malas intenciones y los que permitieron hacer, los que subieron al carro escalando sobre tantos despojos para compartir algo de poder y ganar la tranquilidad de la autoanulación? Se acciona en su mente un mecanismo que antes de lanzar al aire lo que piensa vuelve a silenciarle, mientras su mano, como una autómata, se mueve tratando de alisar una arruga visible en el faldón de su camisa.

—¿No sientes pena de ser hoy lo que eres?

—¡Por favor, Gutiérrez! —No suplica, advierte de la explosión inminente. Aviso innecesario. La escena palidece de tanto repetirse. Siempre el mismo discurso, seguido de iguales exabruptos. El portazo (abominable como todos los portazos) despedaza el absurdo kafkiano de la situación. El verdugo sermonea a la víctima por no aceptar alegremente la tortura, por no asumirse como piltrafa despojada de moral y sangre... ¡Por favor, Gutiérrez! resuena en la oficina y llega a la mejilla del otro con el golpe de viento que desplaza la puerta al cerrarse. Viento contaminado con la pócima de "el jefe", estremecido por la violencia del hombre que acaba de salir.

—¡Haz con tu vida lo que te dé la gana, pero si vuelves a joderme de esta manera, si sólo vuelves a llegar a la emisora con olor a alcohol, voy a acabar contigo, borracho de mierda!

—Blasfema el jefe en la soledad de sus predios. Vocifera aunque nadie puede oírle, porque no puede quedarse con las bilis en la boca. Porque necesita defenderse del miedo a perder la nada que consiguió en tantos años de aceptar sin chistar. Y el recinto se llena de una penumbra amarga como de plaza abandonada.

Ya en la calle, Paco arranca de una sola aspiración lo que queda en el frasco y lo lanza con ira contra un gato esquivo. El aire lo vapulea y le exacerba el vértigo del alcohol. Desanda tragando aire, derrochando improperios contra la ciudad, tan víctima de todo lo posible como él mismo.

¡He visto desaparecer tantos capitanes!

murmullo de ventanas que golpean a su paso, susurrantes

...con frecuencia, he tenido que tomar la rueda del timón cuando, antaño, descansaba confiado en la sabiduría de navegantes más advertidos que yo...

de puertas que se cierran amedrentadas ante las palabras malditas del orate en pos de la ciudad y sus temores. Le empuja la resolución suicida del beodo que avanza hacia la batalla final. Arrojo que enseguida fenece y se convierte en pena, abandono, dolor, sueño. Declinar que cesa cuando un grito de burla le alcanza y su ardor se sacude. Paco quiere pasar a la riposta sin saber de dónde proviene la mofa. Cual alocado periscopio, panea a su alrededor. Frente a una pared inmensa ve al grupo. Son cuatro jóvenes estrafalarios, transgresores en su pura imagen, que hacen del muro estéril colosal pintura. Su agresividad se torna entusiasmo. Ve aliados allí donde las melenas aletean con el viento y los colores pretenden cambiar la faz de la ciudad. Siente la fuerza que mueve los pinceles y el grito de las manchas. Está en el clímax del combate que debió emprender hace ya tanto tiempo. Se equilibra, rehace su chamarra y alista el sable. Entrecierra los ojos para mirar al frente

No podemos errar. Se decide aquí nuestra victoria. De la moral de la tropa depende todo en el combate

Y les arenga con el puño en alto:

¡La desobediencia será el único resorte verdadero de la juventud!

Toma aire y otra vez busca el fiel de su balanza para volver a la carga

¡La audacia y el heroísmo sólo pueden expresarse desobedeciendo las costumbres y las viejas leyes!

Las últimas palabras suenan a llamada al combate y una salva de burlones aplausos le secundan. El mariscal Paco se alza sobre el entusiasmo de los jóvenes aguerridos y se lanza el primero al ataque. Sus pies se enredan en la trampa de botellas, latas y pinceles y va a caer con su cabalgadura justo a los pies del altar a la belleza. Cesa la risa mientras vienen a él y lo alzan preocupados. Abre los ojos y ve los rostros vibrantes que se difuminan por momentos. Rostros amigos. Ofrece su mano. Lo levantan. Recompone sus hábitos ahora coloridos a destiempo.

—¿Me conocen?... ¿Alguna vez oyeron hablar de mí? ¿No? ¿Otelo? ¿Yarini? ¿El filósofo? ¡Qué importa! No me hagan caso. ¡Lo importante es que no se dejen morir, muchachos!

Baja al manto de silencio que cubre a los jóvenes, lanza una mirada en ráfaga al muro, masa amorfa de colores que, no obstante, anuncia ya la maravilla de una idea libertaria, y otra vez se hace al camino, ahora rumiante, abochornado. A sus espaldas, Marcel reconoce tardíamente el rostro del viejo cartel colgado en una pared de su estudio, el mítico Paco del Real a quien siempre admiró. Pero la rapidez con que irrumpió el espectro en medio del entusiasmo del grupo apenas le dejó tiempo para la confusión, que dio paso luego a la vergüenza, por haber embromado a alguien que fuera uno de los grandes de la escena cubana, cuando aún ellos no habían visto las luces y sombras de este mundo.

Calidades del recuerdo

Paco recuerda el olor a resina envejecida que invadía La Habana por la que se arrastraba a duras penas en aquellos días de alcohol y alucinaciones. Era una mezcla de aromas de alquitrán, humo y lodo. Sentía una especie de arenilla en la boca que le hacía rechinar los dientes. La mandíbula tensa. La mirada enfocada a duras penas sobre objetos que !«• sirvieran como referencias para mantenerse equilibrado.

Todo lo que recuerda se desdibuja, se diluye en la mediana oscuridad de las horas crepusculares. La ciudad de su mente estuvo detenida siempre en unos minutos antes de las seis de la tarde. No recuerda sino un fresco penetrante, casi frío, sobre el cuerpo recalentado con el deambular del día, e involuntariamente cruza ahora los brazos sobre el torso. No puede precisar los rostros que encaraba entonces. Las facciones se desdibujan como transeúntes que cruzaban por su lado siempre de prisa. Apenas recuerda un nombre, sólo siluetas y en el aire, la persistencia de una canción que no logra recuperar. Una música intermitente con reminiscencias de bolero. Una canción imprecisa pero nostálgica que se aleja en la medida en que logra hilar un par de estrofas. Y le deja solo de pie, en medio de una avenida que se estrecha poco a poco, hasta que las paredes de uno y otro lado le oprimen, se funden sobre él hasta desaparecer. Y apenas queda el aire acariciando su cuerpo lastimado, salvándole de todos, adormeciéndole con notas duramente audibles de una melodía escuchada alguna vez, allá en su infancia... Pero todo esto, ¿cuándo sucedió? ¿Dónde? ¿Ocurrió acaso?

2

Los otros

Bajo el retrato al carboncillo de una joven de belleza vulgar, Marcel estampa su firma ininteligible: un trazo quebrado a la manera de una M, seguida de una línea apenas alterada, algo inclinada hacia arriba, y con números imprecisos: 1996, "Firma que indica ambición, audacia, reserva, propia de personas a quienes no gusta ser conocidas íntimamente por alguien no atraído por ellas"; diría un calígrafo. Luego de contemplar por un momento el retrato, este va a dar en gesto poco cuidadoso a una mesa donde se amontonan otros tantos dibujos, estudios sobre una misma figura. Sobre el caballete queda un lienzo blanco, listo para recibir la obra de este desaliñado Marcel.

Frente a la superficie que espera y a una Marta tendida con abandono sobre un banco desvencijado, el joven esboza unos trazos distraídos que apenas insinúan lo que sus ojos miran sin ver. Por un momento enfoca un viejo cartel de teatro, pegado a la pared en una esquina de la pieza, y recrea en su mente lo sucedido aquel día de 1989, cuando pintaba con sus amigos de Arte Calle en plena avenida Línea. Mira al papel pero, en un ejercicio transgresor del tiempo y el espacio, ve en el lugar del apuesto galán, las ruinas del artista que apareció levemente ante él como un augurio, para desaparecer inmediatamente sin dar tiempo a reconocerle. Aquel señor deshecho, un pedazo de la historia del teatro cubano, entonces reducido a despojos de carne macilenta y alcohol. Frágil asociación de imágenes con rumores lejanos de procesos que se pierden en los años setenta, cuando él apenas andaba. Eventos que no alcanzan a explicarle la derrota de un hombre. Concluye: "La vejez debilita y le arranca al más duro los deseos de luchar. Lo reduce al ridículo". No puede aceptar la posibilidad de que eso le suceda a él mismo. En realidad, no puede comprender que ya le ha sucedido. ¿Qué tiene que ver este Marcel de hoy con aquel que pensaba, hacia finales de los años ochenta, que nada podría con el ímpetu liberador de su generación? Ellos no respetaban convenciones ni orden preestablecido. Eran los llamados a cambiar el mundo y del mundo llegaban noticias de cambios. Por eso sacaron su arte, su grito de rebeldía a las plazas y calles donde la ciudad les oyera, fuera de las fronteras de las galerías oficiales. Esa era su fuerza. A ellos no los arruinaría nadie. ¿Quién podría decirles qué hacer y qué no? ¿Qué pintar y qué silenciar? ¿Cómo debían actuar o cómo llevar su vida privada y qué actitudes no serían toleradas por el orden social? ¡Ni imaginarlo!

—"Da Vinci"... ¡estoy aquí! —la vulgaridad bota el ancla en el mar de lo real.

—Debes estar más a menudo. Ahora sólo vienes cuando ese tipo tiene reunión en la Corporación, y no tengo cincuenta años, no puedo esperar toda una semana por ti —tercia el soñador con toda la agresividad de que es capaz.

—¡Ya te dije que no puedo arriesgarme! Tenemos que cuidar eso. Vivo como me gusta gracias a Joaquín que puede darme todo lo que tú no tienes —defensa y ataque, amenaza de estocada.

—¡Yo te doy todo lo que él no puede! —revuelta del espadachín de sueños.

—¡Sí, pero gracias a él puedes beber whisky y comer bien de vez en cuando sin haberte ido del país! ¿no? ¿De qué te quejas? —abandono inteligente, a la espera del mejor momento para un cambio de táctica.

Por una esquina del caballete que le protege, espía a Marta, tumbada desnuda, que lo mira con lascivia. Por la otra, entran las ondas tentadoras de un cajón que hace las veces de mesa, un caos de tubos, pinceles y manchas de colores, donde sobresale una botella de Johnny Walker. Aprovecha la tregua y bebe un trago. Reorganiza el ataque. Abandona su posición frente al lienzo y en un movimiento entre agresivo y seductor se echa sobre el cuerpo tibio de Marta, que a pesar de sus mohines de asco ante las ropas manchadas del hombre, se sabe vencida, por esta vez, y lo recibe rezumando sexo. Él siente que acuatiza victorioso, de momento, en los vahídos de la lujuria, suma de deseos por consumar.

—¡Háblame de todo lo que te doy y que él no puede darte, anda! ¡Dime aquí, bajito, qué cosas te gustan de mí! —remata.

Sabe la respuesta. Se acaricia el bulto entre las piernas autos de liberarlo, llenarse las manos con gesto obsceno y agitarlo ante los ojos de la hembra entregada que describe en detalle todo lo que ve y desea, mientras él pretende hacerla sufrir, reafirmando su victoria pero sin descuidar los flancos, a sabiendas de que no gusta que la hagan esperar.

—Dime que no vas a casarte con él. Dime que somos tú y yo... ¡Anda, puta de mi vida! —humilla a las huestes derrotadas.

—¿Y tú dejarías a Claudia para venirte a vivir en este cuartucho con tu puta, eh? ¡No jodas, Marcel! —Escaramuza de resistencia, bastante efectiva. Se enfrían un tanto las acciones. Calla. Su machismo queda en evidencias a pesar del pretendido idealismo, de su imagen de transgresor.

—¿Sabes lo que me pides? —asomo de parlamento.

—¿Y acaso sabes tú lo que me pides? —negativa al diálogo La respuesta flota desembozada. No se compromete la hembra, porque sabe que le basta su cuerpo para recrear un equívoco sentido de la libertad que pretende Marcel, en el encierro seguro en un matrimonio al que a su vez teme. Tamaña contradicción. Tan tonta, que no alcanza a entender que ella alienta con su decisión el ideal que se habían construido desde los tiempos de la inocencia. Desde aquellos oscuros rincones en que exploraban sus cuerpos y aprendían de la vida soñando con un futuro ideal para ambos, en el que no podían ni imaginar que existieran Claudias y Joaquines. Ahora, crecidos y encarando la realidad, son otros los cánones. Sólo les queda el lirismo de los cuentos infantiles, como un *obstinato* carente de significación, al servicio de los caprichos respectivos. Por eso recibe ahora de Marta la pregunta por respuesta. El fiel de la balanza que se quiebra y en sus múltiples contrasentidos acaba por reafirmar que ni el uno ni el otro arriesgarán sus simulacros de libertad propia, su derecho a una vida elemental, materialmente aceptable. En la *detente* a que han llegado, ella se asegura una mejor posición. Entonces recorre la pieza con una mirada ostensible de espanto que la reafirma en su opción por vivir sin carencias, rodeada de cosas bellas. Marcel se reconoce en la decisión tomada un año antes. Una boda contra todas las mareas con Claudia, la esposa reglamentaria que le hace posible la existencia, que le permite sus fantasías de artista alternativo y a pesar de ello no puede atarlo a una fidelidad forzada; que le deja espacio para mantener viva su obsesión por Marta, otra mujer proveedora, sí, pero una deliciosa amante a quien se han adaptado sus hábitos y que, a pesar de todo, tampoco lo domina, por mucho que su cuerpo y su desfachatez le enloquezcan.

Marcel se ofusca. Se revuelve agredido por su propio cinismo. Necesita establecer su prevalencia. Demostrar una vez más su papel protagónico en esta pareja de nones. Hace malabares para distraer su mente al tiempo que penetra a la mujer sin mediar palabras ni caricias. Posesión en el sentido germano—mecánico de la palabra. No le importa si ella siente y apenas sintiendo él mismo. Nada más que el calor y la humedad de una vulva ahora impersonal, como cualquiera, que resbala tibia sobre la firmeza de su bálano y reacciona aspirándolo sin que la mujer parezca poder controlar lo que sucede. Para Marcel todo se reduce a un vaivén maquinal que deja su mente en libertad para inventarse artilugios diversionistas. Su mente repasa los últimos intentos por conseguir un tono de azul diferente, el olor de los aceites y el diluyente, la textura de la tela, al tiempo que su émbolo de carne endurecida hasta el dolor penetra incesante, castigando, dominando al otro cuerpo hasta sentir que gime, contorsiona y se desvanece. Pero él no se detiene, ni cesa de distraerse al imaginar lo absurdo y lo grotesco, ni siente cuando ella se anima y vuelve a ascender la curva de suspiros y, en intervalos cada vez más breves, sus gemidos delatan un clímax innombrable y otro y otro, hasta quedar exhausta. Sólo entonces él abandona su encendido cuerpo y, con arrogancia de macho vencedor, exige —¿Insistes en irte con ese tipo? —y entre el jadeo de animal gozoso la respuesta salta entrecortada —¡No me jodas más con eso! ¡Voy a casarme y basta! —estruendo que borra toda huella de lo que acaba de ocurrir entre ambos, o para cada uno ajeno al otro, o para uno y no para la otra. Ya no importa. Ha sido como un disparo al aire.

Entonces le sostiene del pelo con una mano, tirando con fuerza lenta para causarle dolor, mientras con la otra se masturba de pie, distante, hasta que su instinto desoye los quejidos y baña el vientre, el pecho y el rostro de la mujer que recibe la humillación con el placer de quien se reconoce objeto y goza con la posesión brutal.

—¿Era eso lo que querías? Ahora déjame pintar tranquilo —Llega la frase detonante, intolerable. Ella, que hasta entonces se dejó hacer con sumisión, poseyéndolo al ser poseída, no acepta la insolencia explícita y reacciona con ferocidad. De un salto se incorpora y busca una tregua en el territorio de la botella. Apenas un gesto, un leve movimiento se inicia cuando, a través del cristal del vaso que escancia, Marcel ve venir hacia él el huracán vociferante que se le encima sin llegar al contacto. Apenas gritos de amenaza con no regresar nunca más —¡No soy tu puta! —y enarbola la botella frente a sus ojos antes de lanzarla contra la pared —Si quieres volver a verme y seguir bebiendo whisky, dame algo mejor de lo que me da Joaquín, ¡muerto de hambre! —Y aún a medio vestir, sin tiempo apenas de secar las huellas del encontronazo animal, sale al pasillo del solar dejando detrás la mezcla del olor seminal y su perfume dulzón, y la risa nerviosa de un Marcel embelesado en el trazo del líquido que empapa la pared.

Calidades del recuerdo

Raúl Carvajal. ¿Quién es ese que ha llegado a donde está con tanto sacrificio? Recuerdas aquellos días de niñez miserable en la periferia de la ya periférica Guanabacoa y tus ansias por habitar una casa decente, en un barrio decente, vestir decentemente y andar por la vida satisfecho de ti, de tu imagen, de tu posición. Recuerdas, en un silencio de dientes apretados, cómo cada vez que recibías una paliza de uno de los grandulones del barrio te jurabas llegar a ser alguien con poder suficiente para no ser más la víctima de los fuertes. Y lo has logrado, piensas. Cuántos años de esfuerzo, de adaptarte a las más disímiles circunstancias, desde los rigores de las milicias que recién se organizaban, donde llegaste a ser jefe de escuadra, al mundo inaprehensible para ti del teatro, donde te las agenciaste para ser nombrado asistente del director ("asiento del director", te llamaban los bromistas, pero quién le iba a hacer caso a las pajarerías de aquellos artistas), luego al sindicato donde libraste una tarea titánica por defender y hacer cumplir las orientaciones de la dirigencia revolucionaria... los años de estudios nocturnos, cursos, seminarios hasta alcanzar tu título universitario y tu condición de "cuadro político profesional", y todo el sacrificio de tu vida privada para mantenerte ahí, firme, a pesar de la enfermedad de tu Cecilia que acabó con su vida, de la necesidad de criar solo a Claudita, esa hija que al final ha podido ser el espejo de tus anhelos, la niña de tus ojos, tu realización personal. Recuerdas todo eso, Raúl, y te sientes satisfecho. Apenas un pequeño escozor te avisa de algunas acciones reprochables, pequeñas traiciones que te permitiste para ponerte a salvo de peligros mayores, para defender ese mundo que te has construido con tal tenacidad. Por eso no dejas que salgan a flote esas islas del recuerdo. Al fin y al cabo, ya no tienes que llorar por las golpizas de los grandulones. Hoy eres fuerte, te codeas con los fuertes, nadie abusa de ti. Nadie le cuelga sambenitos al Ingeniero Raúl Carvajal. Entonces sazonas tus recuerdos con un buen café y te regodeas dejando escapar cualquier asomo de remordimiento en las volutas de humo del mejor tabaco del mundo que dejas escapar con calma. Miras la foto en tu escritorio en la que apareces sonriente abrazando a una Claudia ya crecida. Y sonríes satisfecho con tu obra.

3

Paco, los días que corren

Salir de la noche fascinante en que se hallaba ausente de sí mismo. Desandar rehaciendo las calles de la ciudad, esta ciudad que su mirada y la muerte de cada día borraron por mil años. Cubrir el deterioro de los muros y la gente con los ojos del cuerpo recompuesto. La razón despejada para reconocerse en el rescate que compensa y aterra. Enajenar el dolor, la conciencia de la muerte anticipada en el exilio de sí. Todo ello le devuelve la mirada del otro, pero no cura desgarramientos.

Ahora las aceras vuelven a andar en paralelo y por ellas avanza presuntamente sereno. Las manos y las voces saludan su regreso al mundo de lo correcto, al paisaje cotidiano de los sobrevivientes. Ahora le aceptan e ignoran la ironía de sus ojos acuosos. No comprenden el. curso del manantial interno que no cesa. Su mirada es un llanto sin llanto y sólo él lo sabe. Ya el alcohol no le secuestra el mundo ni lo hunde en el oscuro cascarón del miedo. Ya nada le protege de mirarse por dentro. Soporta sus heridas en un frágil balance de emociones, por ahora controladas. "Afuera" le premian los amigos que vuelven a acercarse. Le preguntan sin miramientos por la familia que saben en el otro "afuera". Lisonjas de nuevo estilo. Le invitan a una cena en "el mejor restaurante privado del Vedado, la Paladar de F". Le regalan turrones y fotos polaroid desde aquella terraza, donde La Habana no tiembla, ni ríe ante su paso. Le ofrecen "Taxi, señor", con excesivas reverencias. El Paco de sonrisa infantil y canas que ennoblecen su rostro de otros tiempos. No el que porta su cuerpo, sino el que quiere ver el mundo frente a él. Lo bueno, sólo lo bello para ignorar lo hermoso que no pudo salvarse, para olvidar la culpa y con ella a los cómplices. Para reconciliarse con el juicio del futuro que vendrá consternado con el ajuste de cuentas de la historia. Es 1996 y Paco vuelve a reír, aún con tristeza, porque sabe que las cosas han cambiado obedeciendo una ilógica evolución que cierra los ojos ante los errores del pasado, echando mano al recurso desesperado de decir: "Venga, nos equivocamos, pero eso ya pasó. Lo que fue ya no es. Lo que será, será. Olvidémoslo todo". Y él no acepta, pero no sabe como refutar sin ser él mismo incoherente. Sin causarse otra vez iguales daños o peores.

Julia abandona la impaciencia cuando lo ve en el umbral. Le besa y el aliento fresco la reconforta. Huye hacia el fondo del apartamento y él busca el santuario de la micción habitual cuando llega a casa. Abre la puerta y no están ante sus ojos los azulejos del baño. Una espalda de hombre ocupa su visión como por arte de magia, de duda, de traición, de fuego

—¡¿Qué coño pasa aquí?!

La carcajada estalla y es Marcos que le abraza y le desarma al grito de "¡Qué hay viejo cornudo!" y "¿Cuántas veces a la semana encuentras a un hombre en tu servicio?" y el abrazo y la risa. Los ¡Cuántos años sin verte! y los ¡Qué bien estás, vejestorio!, les llevan de brazo a la pequeña sala. Es Julia que aparece con la torta y la vela.

—Pero, ¡si ya cumplí años hace días! —y Marcos que le explica— ¡Y dos años sin empinar el codo! El alta de tu tratamiento ¿No es así, Julia?

Ella que asiente y sus manos que hacen por plisar la falda en un gesto mecánico que se metió en su psique en los días de soledad, cuando más necesitaba levantar su autoestima de mujer en los cuarenta y tanto, pero sólo tenía a su lado un desecho moribundo y los gestos incontrolables con que se acariciaba el pelo, alisaba su ropa, colocaba una y otra vez en el mismo sitio los objetos que siempre estuvieron allí. Ahora que Paco está de vuelta en este mundo, ella no puede deshacerse de esos tics.

—¡Qué coño cumpleaños! ¡Habría tantas cosas que celebrar... o conmemorar!

Si lo sabrá ella, que llegó a su vida justo en las vísperas de su caída. Lo vio por primera vez en una audición a la que, ingenua campesina recién llegada a la capital, asistía con la esperanza de ganar un puesto en la compañía de teatro en la que él trabajaba. Aún en el momento en que le comunicó que no había sido aceptada, ella perdió el suelo fascinada como estaba por sus manos, la mirada limpia y aquella boca... Sonriera o no, era una boca discretamente acogedora, ni rígida ni voluptuosa. Un poco de todo, un misterio que se hacía más atractivo cuando, poco después de romperse las distancias, él lograba abandonar la velocidad de vértigo con la que vivía cada minuto y le hablaba en voz baja de sus mil visiones originales del mundo de los humanos. Mirando aquella boca con igual embeleso, supo de su recién terminada relación con una joven fotógrafa italiana llegada junto a las decenas de intelectuales que se sintieron realizados en la utopía puesta en marcha en Cuba. Una mujer tan intensa como los tiempos que compartieron y que dejó tantas marcas en Paco que él no podía evitar relacionarla con cada incidente, cada sitio, cada color de los atardeceres de La Habana —¡Aunque sólo fuera por estos meses en Cuba, ya valió la pena haber vivido! —No se cansaba de citar la frase de la italiana en la despedida, frase que no apuntaba para nada a su desempeño viril, sino a la embriaguez de aquella utopía fervorosa. Había tanta poesía en la historia, que Julia, mujer simple en apariencias pero llena de las fantasías y locuras de esas que hacen valer la suerte de los artistas, asumió a la italiana sin celos, como parte del entorno natural en que debía iniciarse su relación con Paco. Como una colina en

el valle de su infancia a la que todos los habitantes de la zona
bordeaban para alcanzar el otro lado. Ella no. A la grupa de
su caballito retozón, la escalaba y vencía, para bajarla al ga-
lope corroborando su victoria. Así entendió desde el inicio el
recuerdo de la italiana en Paco, algo que estaría entre ellos
inevitablemente, hasta que sus propias vivencias fueran capaces de cambiar el paisaje y relegar sutilmente a las sombras la
colina del viejo amor. Su vanidad femenina se vio pronto sa-
tisfecha, pero la alegría no dispuso de mucho espacio. Su
triunfo coincidió con el momento en que la intolerancia ofi-
cial comenzó a fijar sus miras en el pujante movimiento teatral. El arte que nacía de la eclosión creadora del acto revolu-
cionario debió convertirse en fuerte pulso contra las tenden-
cias reaccionarias engendradas dentro de él. Paco ya era para
entonces un afamado actor. Su voz se escuchaba con atención
y envidia, como debía ser, en los corrillos artísticos. Ella era
apenas una advenediza y debió ocupar el lugar del escudero,
apoyando al hombre con el que había decidido cruzar el
Averno si era necesario, con tal de no prescindir de su ternura
a la distancia de un abrazo.

En aquel período de agitación ella tuvo apenas un momento de flaqueza. Fue una noche en que Paco, empujado por
unos tragos de más, reaccionó con desacostumbrada violencia
contra otro actor que defendía las medidas represivas en
nombre de los grandes intereses del país. Ella apoyó el punto
de vista de Paco, pero no su actitud intolerante antes de marcharse dando un portazo. Por eso decidió permanecer y soste-
ner con razonable aplomo las mismas posiciones. Y en su
apoyo vino Marcos. Y esa solidaridad, por obra y gracia de
los sentidos y ciertas cargas emotivas hasta entonces irreali-
zadas, terminó más tarde, cuando todos pasaban del afán de
las palabras a la conquista del alba, en inesperadas caricias,
en sexo amordazado en la oscuridad de un zaguán con una
mezcla de placer y culpabilidad, lo suficientemente pesada
como para determinar allí mismo el final del lance y cubrir

luego su recuerdo con la firme losa de una amistad sin más dobleces.

Nunca creyó merecer nada. ¿Acaso no consideró siempre su vida como una cadena de circunstancias que la elevaron sobre sus aspiraciones? Y ante el azar que le traía las buenas ocasiones, ella inclinaba agradecida la cabeza. Hasta que el Paco deslumbrante le habló de su talento natural para la actuación y le enseñó que la buena suerte, como la inspiración, no llega si no se atrae con ahínco y ella se convirtió en discípula y amante devota de aquel hombre, un poco mayor en edad y experiencia, tocado por el genio teatral, recio y noble a un tiempo, apuesto en su abandono y un tanto alocado en su naturaleza. Así fue el origen y debió ser el todo. Pero cuando Paco fue de las primeras víctimas que debió sufrir la blasfemia y la humillación, ella no pudo concebir otra actitud que compartir el castigo de la inquisición contemporánea.

Contaban con el amor para salvarse juntos, pero enseguida supieron que no sería suficiente. Lo supo él, que perdió su batalla aún antes de iniciarla viendo los molinos deshacerse ante el viento huracanado. Simplemente, el enemigo se hizo intangible. El mal actuaba en nombre de un concepto con tintes épicos y como tal incorpóreo. Lo supo ella, que vio a su paradigma encajar la impotencia, en la agresión a lo más concreto que tenía a mano, su propio cuerpo, su vida. Paco se hundió en el alcoholismo. Ella volvió a jurar devoción al hombre sacrificado por la sinrazón del poder. Le abrazó para tratar de salvarle. El peso de la tragedia les hundió a ambos. De la inspirada pareja en el amor y el arte, solo quedó un espectro amorfo de desgarramientos y carencias acompañado a cierta distancia y con mucho temor por un puñado de amigos.

Julia fue por mucho tiempo el nexo intemporal con la realidad en los escasos instantes en que se esparcían las alucinaciones del alcohol. Una vez, Paco se lanzó desde el muro del malecón a las aguas revueltas del mar, que creía plagadas de fieras inmensas, dispuestas a engullir la ciudad. Toda una brigada de salvamento debió emplearse a fondo para rescatarlo mar afuera, a punto de morir arrastrado por las corrientes del golfo. Varias veces la emprendió contra policías que le requerían por dormir en los portales u orinarse en los latones de basura. En una ocasión provocó una discusión en un bar de barrio, que degeneró en riña tumultuaria. Pero él supo de los destrozos horas después, cuando en la estación de policía recuperó el conocimiento y se halló rodeado de extraños y destartalados personajes, mientras le hacían firmar papeles por quién sabe qué razones, antes de encerrarlo varios días más en una prisión hedionda... Y al final de cada historia estaba Julia aguardándole, sacando la mugre de su cuerpo, curando las heridas, alimentándole. Julia anulada. Julia convertida en devota del sacrificio. Julia que apenas advertía el paso sin retorno de su esplendor de hembra hecha al sol y el aire fresco de los campos de Cuba.

Tantos encuentros con la tragedia han hecho que el imperio de su belleza comience a acusar señales de decadencia, apenas disimuladas por las nuevas alegrías. Alegría por el almanaque doblegado a fuerza de voluntad. Euforia por verse de nuevo los tres juntos, Paco, Julia y Marcos, como en los viejos tiempos. Aquellos años en que las horas en el teatro eran apenas segundos, impulsadas en vértigo por las emociones de la creación que compartían como uno solo. Paco, el gran actor; Marcos, el apuesto director en ciernes; Julia, la actriz esforzada en vencer sus limitaciones y el difícil equilibrio entre la amistad y la atracción por ambos hombres... La misma mujer que hoy siente el peligro por los posibles impulsos de Paco de celebrar como siempre hizo, con o sin motivos, descorchando una botella de lo que fuera, siempre que contuviera alcohol, a más grados mejor.

—¡Pero las sorpresas, como las desgracias, nunca vienen solas! —Les sorprende Marcos y ya empieza Paco a sospechar de tanto alboroto. Un hilo de impaciente cólera se filtra en el mar de alegrías.

—¡Bueno, bueno, está bien de elogios, que no soy un chiquillo! ¿Qué te traes...?

—Escucha a Marcos, Paco.

—¡Paco del Real! ¿Te ves sobre las tablas de nuevo? —y los ojos de Marcos bajan y suben, para mirarle al fin desde lo alto, a través de una máscara shakesperiana propia del director teatral de prestigio que ya es.

Paco no sabe cuándo comenzaron a sudarle las manos, ni puede entender la broma. O no quiere aceptar que el tono de Marcos es alegre, pero absolutamente sincero. No hay trampas en su voz y no responde, para no crear la que no existe con un entusiasmo precipitado, con un miedo que se revele por sorpresa en el temblor de las palabras. Como el sudor en sus manos.

—¿Y?

—No jueguen conmigo... hace tantos años... ya estoy viejo... nadie quiere ver a un viejo deshecho... ahora se usan las caras bonitas... Nadie permitiría a un paria regresar... No, no jodan... ¡no!

—Me avisas cuando termines con el llanto. ¡Coño, Paco, soy yo, Marcos, te estoy ofreciendo el protagónico en la obra que estrenaré en julio! Es una versión de *En el mismo barco,* retomando el personaje central, el mismo que hiciste, pero ubicado en un contexto más actual, más universal. ¡Está escrito para ti, pensando en ti!

La tristeza se filtra ahora en su ser y él siente que abandona los recintos del alma con la luz que le tienden Marcos y Julia. La puerta abierta de su prisión deja entrar el aliento de la vida que comparten los otros allá afuera. Le deslumbra. No sabe qué hacer con ella. ¿Dónde enterrar el rencor de todos estos años de olvido? ¿Contra quién gritar su odio? ¿Con qué fuerzas? Un paso adelante y sus alas pueden caer incendiadas por el sol. Un paso atrás y regresar a la ergástula para siempre, quedarse en el punto donde ahora está, en perfecto equilibrio, Diógenes en el regazo de su tonel, desafiando a todos con su sabiduría enquistada. No darse. Permanecer entre la luz y la sombra. En la penumbra de su vida deshecha y su rencor agazapado. ¿Qué hacer?

—¡Cantemos "Cumpleaños feliz"!

—No hagas la niña, mi amor ¡Dime qué es esto! ¿Se volvió loco Marcos? ¡No me hagan esto ahora, coño! ¡No puedo! No me pongan a enfrentar una opción así. ¿Es que no entienden que no puedo? ¿Qué queda de mí? Mírame, Marcos, ¿qué cono tiene que ver esto que está frente a ti con el Paco del Real que conociste?

—Eso es lo que busco. Un hombre inteligente, con clase, como usted, descendiente directo de la estirpe de los Zayas Bazán, destruido por la vida, pero con ganas aún de pelear, de decir: "¡Soy Paco del Real, coño!" ¿Hay alguien más parecido a ti para mi personaje? ¡La Catedral de La Habana únicamente!

—Por nosotros, Paco, ¡hazlo, mi amor!

—¡No sólo por ustedes! ¡Por mí, que soy tu amigo! ¡Por los demás, que necesitan de ti! Hay algo más. Un favor que quiero pedirte. Un empresario español está interesado en la obra. Él sabe que la versión de los años sesenta marcó un hito. El éxito que tuvo entonces es una carta de triunfo que le da seguridad. Pero sabe que es una puesta difícil. Si puedo garantizarle que el papel principal será interpretado por el mismo actor, una figura mítica como tú, que para colmo tiene el tufillo de la transgresión que a ellos les gusta, la obra irá a España, Paco. ¡Depende de ti! ¿No ves que no es un favor que te hago sino un favor que nos haces a nosotros?

—No uses conmigo, la palabra "nosotros". ¿Qué "nosotros" alzó una mano para defender al "hippie", al "desviado ideológicamente" cuando lo echaron? ¿A quién le preocupó si teníamos un peso cuándo Julia renunció a la compañía por estar en desacuerdo con toda aquella farsa? ¿Quién coño fue un sólo día al hospital para saber si el apestado había muerto o no? Marcos y Julia. Eso es para mí "nosotros". Por esos lo hago... lo haría... Guarda tu "nosotros" para otro discurso.

—¿Entonces?

El rencor se recoge sobre sí lentamente, serpiente que vuelve a su inquietante estar luego de lanzar una electrizante mordida. Las arrugas del rostro se distienden y la mirada que había hallado escape en las baldosas centenarias vuelve a subir buscando los rostros expectantes de Julia y Marcos.

No puedes creerlo. Pasados los sesenta, ya en el primer descanso de la escalera de descenso, ¡otra vez el escenario! ¿Resistirán tus nervios? ¿Responderá tu voz? ¿Tu piel será la de aquél que Marcos concibió pensando en ti, pero que no eres tú? No puede serlo porque sería una bomba en medio de la escena. No podrían soportarlo, no sólo los que te echaron en nombre de una pureza que no fue más que la máscara del poder desmedido y la intolerancia. No podrían enfrentarlo los que callaron ante el abuso para mantenerse ateridos pero intocados; los que te dieron la espalda para no señalarse; los que luego te negaron el saludo; los que echaron mierda sobre tu nombre para justificar su cobardía. No. Marcos habrá recreado tu *alter ego* filosófico, de sentimientos fuertes pero tamizados por la ambigüedad de su discurso para burlar la censura de siempre. Tal vez recreó un personaje sin nombre, ni país, ni tiempo. Tendrás que ser capaz de hacer sentir tu sangre corriendo por el cuerpo de este renovado "Filósofo" ¡Ah, qué bello personaje! Tú debes dar las claves que lo acerquen a ti cuando pronuncies frases que no pronunciarías. Es tu reto. Tu oportunidad de decir por los altavoces de la sala sin decirlo, mas hablando con la voz del personaje, lo que han hecho de ti. Sí, que alguien más que Julia pueda oír lo que por tantos años tienes deseos de decir, Paco del Real.

El mudo discurso ha ido erosionando las murallas del miedo, el anquilosamiento de un instinto sepultado por el tiempo, el alcohol, el abandono de sí. Las razones hallaron las palabras exactas en profundidad y medida. No queda nada por decir ni tiempo para esperar una reacción. Como río que quiebra la empalizada en el momento en que resuena la última sílaba, sale de Paco una exclamación que es lamento y rugido a un tiempo —Ven, ¡dame un abrazo, cabrón! ¡Tú también, Julia! —y el trío se funde en un cuerpo compacto y ruboroso.

Calidades del recuerdo

Marcos recuerda aquellos años sesenta... Sus primeros pasos en el mundo del teatro. Su hambre de saber; su ambición por alcanzar un nombre, un reconocimiento. Recuerda aquella camisa a cuadros amarillos y negros, los mocasines *College,* las patillas largas y su pelo rebelde, encaracolado, que se negaba a caer sobre sus hombros, arbolado en una especie de afro que tanto encanto causaba en las muchachas. Recuerda al Paco enérgico que tanto admirara (y envidiara). Y a aquella muchacha simple y limpia como una estrella que un día se presentó a una audición, y que él hubiera aceptado sólo de sentir la fuerza vital que trasmitía, pero que Paco, justa y razonablemente, suspendió de inicio, para atraerla luego hacia la compañía. Y hacia sí. Recuerda su desasosiego al tejer simultáneamente una relación de amistad tentada con Julia y de respeto con Paco. Precario equilibrio que se quebró aquella noche de polémica sobre arte y poder. Aquella noche en que una brecha se abrió en la pareja y él sintió una atracción que no se detuvo en más consideraciones que la seducción natural de la mujer. El encontronazo en el oscuro umbral del edificio, la entrega a los juegos del cuerpo que no llegaron a tocar el alma, o sí, para darse cuenta, apenas recompuestas las ropas, que la licencia que se habían permitido sería la única, aunque necesaria para matar a sus fantasmas. Que en el juego de tres que se imponía sólo habría cabida en lo adelante para una amistad sin más límites que los que la amistad define. Marcos recuerda todo aquello, y se felicita de que así sea, porque aún necesita de esos frenos para conservar su compromiso con los sentimientos que profesa por Julia. Y por Paco.

4

Los otros

Claudia entra a la oficina desplazándose nerviosa entre los muebles. La secretaria no estaba tras el escritorio del vestíbulo. No halla a su padre en su poltrona. No puede aguantarse las ganas de conocer las noticias sobre el veredicto. Raúl, su padre, debe saber algo cuando la ha hecho venir hasta aquí. ¡Y ahora no está en la oficina! Sobre el escritorio no hay un documento, un apunte que le revele lo que busca. Enciende la TV. Apenas alcanza a ver las primeras imágenes en una televisora extranjera, una oleada de aromas irrumpen en la oficina y vienen a mezclarse con los suyos. Claudia, como sorprendida en delito, sintoniza un canal inocuo y sus ojos quedan fijos en las provocadoras curvas de la mujer madura que ha entrado con su padre en el recinto. Hay un instante de silencio que revela una transición mal fingida en una escena no tan improvisada.

—Pero... si estás aquí, ¡qué suerte! Las presento. Mi hija Claudia. La Señora Amparo Olivares, miembro del jurado. Obvio más datos porque cada una tiene suficientes referencias de la otra —Esta última frase con todo el doble sentido que quiere insuflarle Raúl, es el telón de fondo del acercamiento de ambas mujeres para el doble beso ritual. Se aproximan más de lo que la costumbre exige. Claudia sufre un estremecimiento al percibir la suave presión de los senos de la mujer sobre los suyos, y la caricia del perfume agradable que las envuelve a las dos. (Marcel descuidado. Marcel seco, insípido.) Huye del abrazo cuando quisiera eternizarlo y se da vuelta disimulando el sonrojo, lanzando una frase torpe para cubrir el chispazo que la estremece con deliciosas reverberaciones.

—¡Dime algo, papá!

—¿Y qué quiere que le diga, mi finalista? —Lanza, como al descuido un Raúl que viene al encuentro de la hija pródiga, mientras se deshace de papeles que abandona sobre el escritorio en un gesto que busca eludir la temeridad de su pregunta.

—¡Sin promiscuidades innecesarias, Raúl! —la mujer hace como que trata de borrar la indiscreta revelación de las deliberaciones del jurado— ¡Esta muchacha tiene todo el talento para brillar por sí sola! —añade enseguida para superarle en audacia y desparpajo sin quitar sus ojos encendidos del rostro joven que le ha conmovido.

—¿Qué dijo? —La insinuación de su posible triunfo impide toda contención y estalla Claudia— *¡Yes!* —y atravesando el eco de su grito, corre a los brazos del padre en el mismo gesto guardado de los días de infancia. Él la recibe abrazando en ella toda su gloria, el orgullo posible en un padre que ha hecho absolutamente todo para que su hija alcance notoriedad, para que sea alguien como no pudo ser él mismo, y, de paso, para que el brillo de la muchacha arroje sobre él alguna luz.

—Lo que oíste: ¡mi Claudia en la pelea! Mañana el jurado decidirá entre los cinco finalistas el premio único. ¡Dos años en España! —griticos que denotan la confianza en sus propios méritos, la seguridad en su triunfo con el apoyo de su benefactor.— Pero no es todo. Esta noche iremos a una fiesta en la playa y Amparo ha aceptado acompañarnos. No te preocupes, Amparo, nadie podrá ver esto como una manera de influir en tu decisión. ¡Tú y yo seríamos incapaces de entrar en un juego así! ¿No es cierto? Además, no hay problemas, es una fiesta de artistas, un ambiente ajeno al nuestro. Nadie tiene por qué saberlo. Ya verán qué bien la pasamos!

Amparo se ha dejado convencer desde el primer argumento. En magnífico remedo de las *Demoiselle de Auvignon,* su boca le sonríe a Raúl mientras sus ojos no se apartan un momento de una Claudia halagada en su vanidad.

—¿Le aviso a Marcel?

—¡Si no tienes otra opción!

—Con permiso —Pasa la muchacha muy cerca de la mujer, tratando de llevarse su olor, y otra vez sus miradas brillan. En el vestíbulo, Claudia halla el teléfono en el desierto lugar de la secretaria.

—¿Marcel? ... ¿Qué haces? ... No tienes que responder así... Bueno, necesito que no te enredes. Tengo un compromiso muy importante esta noche y quiero que vengas conmigo ¿sí? ... Después te cuento... ¡Por favor, no tardes, de verdad es muy importante, ya te explico! ¡Te espero!

Regresa a la oficina. Quiere enterarse de qué hablan Raúl y la Sra. Amparo. La muchacha vuelve a turbarse con su presencia. Sin proponérselo, mientras mira al talle de la mujer, comenta al padre que revuelve papeles distraído — Lo mío con Marcel no marcha. Creo que no duramos mucho —y su mirada baja y no puede despegarse de las piernas de la española, en una mezcla de pudor y lascivia que confiere a su rostro una expresión no apta para padres ilusos. Iluso como Raúl que se regodea al escuchar el comentario de su niña contra "el imbécil de yerno que carga" y comenta sin que nadie le escuche:

—Demasiado tiempo dura ya ese calvario. No sé cómo lo aceptaste después del problema aquel... —y reprime el final de su comentario, consciente de que nada debe decir que pueda afectar la imagen de Claudia. Menos en este instante en que su orgullo de padre se ve colmado por el inminente triunfo—. Tal vez —piensa— si ese muchacho hubiera tenido unos padres que se ocuparan como lo he hecho yo, que he sido padre y madre de mi niña; otra cosa sería de él. Claudia debe estar orgullosa de su padre, pero Marcel, ¿cómo puede sentir orgullo del suyo? En el fondo es un infeliz, pero Claudia no tiene porqué pagar los platos rotos...—cual sumergible que sale a superficie, brota el final de su pensamiento sin que apenas se dé cuenta de esta proyección acaso involuntaria. Y Amparo, que escudada en el ensimismamiento de Raúl ha dado riendas sueltas a su imaginación, se sorprende en un gesto inconsciente acariciándose el cuello y jugando con el lóbulo de su oreja. Sobresaltada, cobra cuenta de la situación. Siente que el momento parece desbordado por el exhibicionismo de las intimidades familiares y la ausencia de tacto ante la extraña que de todos modos es. Pero sólo ella parece darse cuenta y decide marcharse, posponiendo los temas de conversación pendientes para la noche. Se vale de una despedida cordial de Raúl —quien apenas alcanza a esbozar una pose de macho que se cree dominante— y una nueva andanada de besos a la joven en la que un roce de manos se viste de accidente

—¡Encantada! —y así diciendo el pensamiento de Claudia vuela hacia aquella noche inolvidable en que, estando Raúl de viaje, ella le pidió a una amiga de mayor edad que la acompañara, pues Marcel se había marchado de casa tras una de sus peleas de rutina. El consuelo de un abrazo y el fingido sufrimiento de la muchacha actuaron al inicio como alevosas coartadas para las caricias más sentidas, hasta que el ardor de los deseos despedazó todo ardid y se entregaron, por esa única vez, al amor, sin más límites que el ligero sobresalto por la posibilidad del regreso extemporáneo de Marcel y las luces del amanecer que debían hallar a la amiga fuera de aquella casa, para evitar la maledicencia de los vecinos. Después, la percepción de que algo muy inmoral habían cometido se apoderó de ambas mujeres, y, en lo adelante, sólo atinaron a perpetrar roces accidentales y miradas oblicuas, aunque allá, muy adentro, una perenne inquietud le alimente a Claudia el desasosiego y la necesidad de un retorno a sucesos como los de aquella noche.

—¿Qué ha dicho el "perro muerto" ese? —y apenas sin cambiar el tono le pide a la secretaria, que acaba de entrar con aire de curiosidad— Tráenos dos cafés, por favor.

—¡Papá! No empeores las cosas. No vayas a pelear con Marcel esta noche. No vayan a arruinar la ocasión ustedes con su guerra particular. Te lo pido por favor. ¿Sí?

—Claudia, ¡no voy a parar hasta ver a ese tipo fuera de mi casa! Si ganas el premio, no sé qué hará, ¡pero en mi casa no va a pasar dos años a mi cuenta!

—¡Papá, por favor! ¡Bueno, nos vemos esta noche! ¿Me prometes no pelear con Marcel en la fiesta? ¿Tendrás la dirección? Igual, llévamela. No, gracias, no quiero café —Y sale de la oficina con la mirada forzosamente clavada en el piso.

Calidades del recuerdo

Marcel mira los residuos de color bajo sus uñas y recuerda los primeros pasos en la Escuela de Pintura; los olores de los diluyentes y aceites que utilizaban con rutina los estudiantes de los años superiores, mientras él aprendía a usar el carboncillo y la acuarela. Sensación de inferioridad que venía a reforzar la atmósfera ya densa de su hogar. Su hogar, humilde casa de un barrio obrero, agobiado por la ausencia de la madre que falleció mientras él comenzaba su primer día en este mundo, vapuleado por el desamor de un padre que desdijo siempre de él; desde que supo que se formaba en el vientre de una mujer cualquiera de las muchas que pasaban bajo su cuerpo en el asiento trasero de su jeep, o en la oscuridad de un bar o una esquina desierta de La Habana. Todos estos son pensamientos que despiertan en Marcel el olor a diluyente y los residuos de pintura. Como también le hacen recordar su estremecimiento al entrar por primera vez en el chalet de Miramar al que le condujo aquella muchacha desabrida que empezó a interesarle sólo a partir de ese momento. Deslumbrado y vacilante, ocupada su mente en desarrollar el plan: embarazo—matrimonio—aborto, que lo llevaría a donde está hoy. Justamente aquí, de pie y solo, en medio del inmenso salón, el mismo sitio en el que sobrevive su relación con Claudia, su desabrida esposa, y con Raúl, su insufrible suegro. Entonces echa mano a cualquier trapo y comienza a frotarse con fruición para arrancar de ellas el último residuo de recuerdo. Y acaso lo logra. Pero al levantar la mirada halla a su alrededor una vida adornada por el confort y la belleza, y algún que otro óleo de incierta calidad que cuelga con desgano de sus muros. Entonces, como cada día, Marcel prende un cigarrillo de marihuana, toscamente enrollado, para no recordar.

5

Las tablas

... **e***s, en verdad, muy difícil vivir en una época extraña en la que las mayorías se adornan con las plumas de las minorías pensantes y activas...*

—No, Paco, proyecta con resolución, eres la conciencia de esta gente. No titubees, no tengas miedo ¡Tú puedes!

Sus palabras han cesado y las de Marcos acribillan las imágenes que vuelven a sacarlo de la concentración. Filosofía vana que se estrella contra la experiencia. Si tiene la razón, ¿por qué ha tenido que vivir enclaustrado, lejos de su mundo? ¡Tantos años detrás de aquel maldito micrófono con olor a humedad, a hierro vencido, a lástima! Ocho horas cada día inhalando su aliento desfallecido bajo el peso de una verborrea vacía, mecánicamente dicha, sin énfasis. ¿Por qué la vida le reservó el espacio de la derrota? ¿Acaso su irresponsable estar, el no haber calculado que sus actitudes libertinas (o extravagantes, como quieran llamarle), podrían usarse como pretexto para cualquier represalia y dar con él en lo que finalmente dio? Incluso su respuesta altanera, entregándose a los tragos, delicia del paladar, locura de los sentidos, ¿no fue acaso una salida torpe que condujo enseguida a la enajenación de su mente encostrada de tanta miseria que acumuló en el silencio durante incontables años, hasta que se ahogó en los sueños de la imaginación y su hígado ardió con los tóxicos del paraíso terrenal, o del infierno? Pero compartiendo la responsabilidad de su suerte o no, ¿por qué es sólo ahora, que aparece la migaja de un regreso cabizbajo? Julia, su Julia divina que ya no puede más y parece darse por vencida después de tanto anularse ella misma para luchar por él, cuando cree que le ayuda, le hace volver a las tablas por el favor de un amigo y él queda expuesto al juicio equívoco, al veredicto de perdón, porque a todas luces parece que ha vuelto reformado —Paco del Real, ¡la sociedad que un día ofendiste con tu actitud libertina, te exculpa! —y la masa levanta el pulgar arrogándose el derecho a perdonar una vida que es apenas despojos de lo que antes fue. Ahora puede gozar del regreso que estimule el afán lastimero en un público *"que se adorna* —apenas Cocteau, apenas— *con las plumas de las minorías pensantes y activas".*

—¿Me escuchas? ¡Concéntrate! ¡Respira! ¡Vamos, una vez más y descansamos!

No *hay público. Todo el mundo actúa, en un único escenario al que nos empujan bajo los focos, con Miss Europa, los campeones ciclistas y los cantantes melódicos.*

—Habría que cambiar ese texto ¿no crees, Mark? —La pregunta llega por la espalda, en la bocaza amanerada que Pablo contorsiona para dejar caer el susurro sibilino en el oído del director. Todo él rezuma envidia, provocación—. Hace mucho que pasaron de moda las Miss Europa y los cantantes melódicos. ¡Ahora se habla de las porno—star, las Drag Queen y la música techno, mi'jo!

Marcos le hace callar con una señal. Su atención pende de la acción en la escena. ¡Ahí está el Paco que él buscaba! Lo logró en apenas dos semanas de ensayos. Está en esa frase, en un giro imperceptible. Paco dejó de merodear en torno al personaje, rompió el límite sutil de los temores a entregarse y se clavó en su piel, se sumergió hasta tocarle el alma. Ya lo ve sobre la escena. Ahora un poco de estímulo y luego azuzarle, subirle el reto, llevarlo de la mano con fuerza y ¡España! Todos estarán en la escena de Madrid, gracias a este monstruo reverdecido que sólo él pudo rescatar del olvido.

—¡Ay, Mark, sé sincero contigo! ¿Tú crees que ese cadáver pueda resucitar?

Pablo pronuncia el "tú" con la sobreabundancia pronominal de sus maneras de mulata de barrio y cierra los ojos con un mohín de desprecio que envuelve a ambos, al Marcos iluminado por su íntimo regocijo y al Paco que se acerca paso a paso a la realización de lo que tanto teme. Es sólo el comienzo de su estrategia, pero Pablo, "la única", como se repite cada noche ante el espejo del camerino envuelta en pieles de utilería, no se dejará despojar de ese papel. "Ella" tiene que ir a España como primera figura de la compañía, ¡o deja de llamarse "Delirio"!

A Paco le duele salir del filósofo que ha sido por instantes. Lo sintió vibrar por un segundo, apenas el tiempo en que abre y vuelve a cerrarse el diafragma de un aparato fotográfico para congelar la foto. Así su mente se abrió en una avenida amplia por donde fluyeron como suyas las ideas del personaje. Se dio la conjunción que hace del teatro algo mágico, místico.

—¡Lo tienes, Paco, lo tienes! —Marcos le abraza. Pero él, que carece del hábito de las celebraciones, prefiere hablar de algunas incomodidades del texto.

—Me siento un poco apergaminado. Conozco ese prefacio de Cocteau, hermoso sin dudas, pero siempre me costó asimilarlo como un texto teatral.

—Pero funciona, Paco, funciona y lo tienes, sólo falta agarrarlo bien para que no pierdas el tono, los matices... ¿Acaso no te parece divino? ¡Entonces! ¿Quieres que intentemos una improvisación estructurada?

—No, déjalo así. No creo que pueda sin entrenamiento. Además, no disponemos de los días necesarios.

—Obvia cualquier dureza si la sientes. Pero no me jodas, Paco, ese es un texto maravilloso... ¡y lo tienes casi agarrado! Ahora escúchame...

—Pero, Marcos, con todo respeto...

—¡Escúchame! Esta noche hacemos una fiesta en la playa. Quiero levantar la moral de la gente. Todos estamos hasta aquí de las tensiones con la puesta y los miles de problemas cotidianos. Ya sabes. Quiero que vengas con Julia.

—Te agradezco, pero prefiero mantenerme lejos de las fiestas. Además, no sé si a Julia le hará bien volver a mezclarse con este ambiente.

—No me jodas, Paco, ya superaron eso.

—No. Sé lo que te digo, no quiero tentaciones.

—Pero es que tienes que estar, porque, además, vendrá el empresario que nos llevará a España, si Dios quiere ¿entiendes? Mi protagónico no puede faltar. De verdad, es importante para todos. ¡Cuento contigo! —y dándole la espalda le avisa al resto del colectivo.

—Terminamos por hoy, ¡gracias a todos!

Es una trampa, lo sabe. O al menos una prueba. El amigo obsequioso le devuelve a la vida pero quiere estar seguro. No puede arriesgarse a que él, el paria, el ex—alcohólico, el inestable, le arruine el proyecto. ¿Es injusto eso, Paco? No. Sin dudas tiene derecho a hacerlo. Sólo que se trata de sí mismo y le jode hacer el conejillo de Indias, estar bajo observación, ser cuestionado por los únicos que le tendieron la mano para sacarle del planeta olvido. Los otros acabaron por olvidarse de él, de su sentencia cumplida. No hubo restitución. Tan ocupados como están en borrar sus propias culpas le dejaron en algún recodo del tiempo. Detritus, materia fundida a esa parte del paisaje que nadie quiere mirar. Pero aquí se trata de sus amigos, y ahora que un simulacro de rescate tardío tiene lugar, debe someterse al registro impúdico que garantice su buena ejecutoria. Ya sabe, es todo o nada. Y, ¿a qué sirve? ¿A la noble causa del teatro? ¿Es por el amor al arte que le han hecho lugar en este barco? ¿No habrá una segunda intención de rescatar una baza de triunfo para conseguir el viaje a España y desecharle luego? El viaje por el viaje. El afán de dar la espalda a los problemas cotidianos por el espacio de un tiempo impreciso, que podría alcanzar la breve eternidad de una vida. Pesa el primitivo anhelo del isleño de doblegar la línea del horizonte, de confirmar con sus pasos la redondez del mundo. Y para lograrlo, usemos a Paco, siempre que se comporte como debe. Si no, volverá al simulacro de vida que es la inercia del pensionado, el retiro al mundo alucinante del alcohol, al olvido. Ese es el juego, ¡hagan sus apuestas! ¿Y Julia? ¿Tendrá derecho a exponerla nuevamente a una experiencia que podría terminar como la anterior? ¿Tendrá ella la entereza necesaria para enfrentar los comentarios cáusticos sobre el pasado, la envidia fortuita, los bajos sentimientos que no fallan en el medio teatral?

Y Julia, que ha estado observando el ensayo desde la última fila del lunetario vacío, surge de la oscuridad de la sala y le ofrece su brazo como apoyo para que descienda del escenario. En su calma reboza orgullo. Al fin ve el asidero para la nueva vida a la que tanto se entregó. Paco, recuperado como persona, devuelto a su hábitat, el teatro, que a su vez le ofrece renovado al hombre por el que se jugó todo. No desea nada más que ver esa ilusión realizada. En cuanto a sí misma, con una vez bastó. Ahora podrá llevar una vida tranquila, tal vez cercana a la escena en una función secundaria. O con suerte pueda escribir algún texto, ejercer la critica... en fin, ya verá. Lo importante es el rescate de Paco y la posibilidad está ahí, frente a ellos.

Avanzan serenamente subiendo la empinada cuesta del corredor en el patio de butacas. Gustan de pasear con lentitud, una costumbre nueva desde que recuperaron la vida de pareja. Suben por el centro de la sala en dirección al vestíbulo. Se toman todo el tiempo del mundo en silencio distraído, ritmo exterior de sus reflexiones; recreación de un sueño recurrente en el que Paco se ve avanzar de la mano de Julia por una extensa llanura cubierta de una fina capa de agua que apenas acaricia sus pies. Es un paisaje idílico; apenas el espejo acuoso y el azul del cielo infinito. De pronto, el terreno cede bajo sus pies, pero ellos continúan, imperturbables, camino hacia ninguna parte, siempre bañados por la noble luz que se acerca a los tonos del crepúsculo... Así deben andar los ángeles entre los humanos

Antes de transponer el arco de la salida, Paco se detiene y enciende un tabaco reseco, un sustituto o de fuerte sabor para su entrenado paladar. Exhala una inmensa bocanada y con la misma sonrisa con la que avanzaba en el sueño, besa la frente de Julia. Se miran y hablan sin hablar. Uno siente los pensamientos del otro, su estado de ánimo. Apenas precisan de palabras pero expresan sentimientos, ideas más o menos locas. El brazo de él que se apoya en el de ella, al contrario de la usanza por estas tierras, propone el ritmo y el rumbo del paseo con apretones imperceptibles. Tienen todo el tiempo a su favor. Están viviendo el ahora suculento que se nutre del ayer que no vivieron. Los años interminables en que ella se opuso abiertamente al infame proceso contra el arte y, en consecuencia, abandonó el campo de quienes destruían a Paco como a muchos otros, para dedicarse a sostenerlo en vilo, sobre el abismo de la autodestrucción. Pronto su solidario gesto devino tragedia cotidiana por la carencia de medios para sobrevivir y la pérdida de amigos en las horas en que más necesitaban. Sus facciones demacradas, sus manos de terciopelo ganaron ángulos y aspereza en la espera ansiosa por el regreso de Paco a casa, cada noche en que él se hundía en los insondables mares del alcohol. Hasta el día en que, más allá del amanecer y cuando ya fue tiempo de descartar toda posibilidad de retraso incidental, se lanzó en su búsqueda, el pelo rojizo entrecano y los ojos llorosos anticipando lo peor. Bares, hospitales, policías, trozos de la ciudad desfilaron ante ella en su frenética indagatoria. Cuando, ya exhausta, lo halló en una unidad de cuidados intensivos, jugaba Paco a morirse en medio de unos aparatos y gente de blanco que lo sostenían —otra vez— de este lado de la vida. Un coma alcohólico le había dejado tendido en un parque. Así lo encontraron tras el aviso de unos niños, despojado ya de sus zapatos, del viejo reloj Poljot y los espejuelos de metal y carey que le regalara su padre. Despojado y muriéndose. Y tras muchos días de intenso tratamiento, y urgido a salvarse, se recuperó. De vuelta a casa, en su fragilidad de recién nacido, ella le dio el aliento y la ternura necesarios para enfrentar una cierta forma de vida que ya no fue jamás la que tuvieran. La pareja se envolvió en sí misma, empeñada en cultivar un amor coraza-abrigo-alimento. Y poco a poco, con altas y bajas, desvíos y desvaríos, Paco aceptó quedarse en este mundo para verlo pasar desde su intimísima orilla, reconciliándose milímetro a milímetro con una pequeña zona de la cotidianidad de los humanos. Aceptando. Hasta la tarde en que apareció Marcos con la propuesta del retorno y Paco debió despertar de la hibernación voluntaria y enfrentarse otra vez al dilema de la existencia con todos sus inconvenientes.

—¿Cómo está usted, Maestro? Cuánto tiempo sin verle. Hola, doña Julia, usted tan elegante como siempre —el negro viejo ha salido de las sombras *de* la escalera que conduce a las galerías y arrastrando sus pasos se aproxima a la pareja. Tiene en su rostro tranquilo y la nieve del cráneo toda la bondad y la sapiencia de los largos años vividos. — Bueno, lo vi de lejos el otro día, cuando llegó con el director, pero después he estado en cama con este reuma que me está matando. No, no se preocupe, sigo aquí de sereno y no pienso morirme en mucho tiempo. ¡Hay negro Teodoro pa'rato! —y riendo le extiende un frasco que antes contuvo algún medicamento y ahora encubre un aguardiente de baja estofa.

—¡No es muy bueno pero tenga, por los viejos tiempos! —Sonrisa pícara que distiende la cara de Teodoro, alarma en los ojos de Julia, suspiro y respuesta condescendiente pero firme de Paco.

—Gracias, viejo, pero ya dejé eso. Brinda tú por los dos. ¡Que estés bien! —y tras la negativa caballerosa y un apretón de manos cansadas, la pareja continúa su lento andar hacia la puerta del teatro. Apenas dan unos pasos en la luz natural y Julia lo enlaza en medio de la acera con un beso de agradecimiento. El grito llega burlón desde un auto que pasa —¡Viejo verde! —la entereza de la pareja detiene las ondas en el aire, y el sonido se pierde entre el ruido de los carros y la gente que pasa, como siempre, sin dejar huellas de su andar. Nada de esto entenderá Joaquín, que desde el volante del carro que se aleja, luego de la broma pesada, busca la aprobación en el rostro de la mujer que se maquilla a su lado con la ayuda del espejo en el quitasol. Es Marta, que apenas lo mira para dejarlo satisfecho por su estúpida hazaña, mientras piensa en la coartada que ha de construir al día siguiente para volver a las caricias encendidas de Marcel, hasta calmar sus propios deseos y tomar revancha luego con algún ardid de mujer, para hacerle pagar a su Da Vínci por el abandono repentino de esta tarde a causa de esa fiesta que ha inventado su mujercita. En el asiento trasero, el bolso rueda con el vaivén que produce un giro brusco en la esquina y la botella de whisky sustraída del almacén de la tienda que gerencia Joaquín está a punto de salirse de su envoltorio. Ella se mueve ágilmente y, alargando su brazo, logra evitar que la caída de la botella la deje en evidencias ante el hombre que aún se ufana, con sonrisa estúpida, de su hazaña reciente. Rutina, pura rutina que consume a las vidas sin sentido.

En medio de la acera, apenas roto el abrazo, Paco se confía a la opinión de su esposa.

—¿Qué debo hacer, mi vida? —y Julia, "su vida", sólo puede decirle— Lo que te diga este —le toca el pecho confundiendo una caricia con la ya imprecisa definición del recinto del alma—. Y esta —le acaricia el pelo entrecano, errando el tiro entre el cerebro y la experiencia. Él no siente que las cosas mejoren. Tendrá que debatir con esos tres interlocutores. Sabe que ellos sostienen diferencias irreconciliables. Debe poner en armonía razón, experiencia y sentimientos, hallar un consenso, algún punto intermedio que no conlleve al engaño iluso, a la amargura que le dejan sus vivencias, ni al cinismo de la razón. Necesita... necesita el aire del mar y con una ligera presión sobre el brazo de Julia y una mirada tierna logra que sus pasos se desvíen sin violencia hacia el malecón: el sofá de La Habana.

Calidades del recuerdo

Julia puede ahora recordar los días felices de su relación. Los tiempos en que su modo de existir era el teatro a toda hora, ensayos, charlas, estudios, tertulias... Era la enajenada entrega al arte, como una ofrenda a la vida nueva que estaba ahí, al alcance de la mano, a la espera de ser creada. La casa era una estación a la que llegaban incansablemente, como trenes locos, artistas amigos que eran relevados enseguida por otros, mientras se cosía un vestuario, se escribía un guión o se bebía té, ron, café. Era un mundo de alucinaciones hermosas, la droga especial que no deja salir del territorio de las esencias, del nervio que late y da pulso al ser. Julia recuerda la vitalidad de Paco, realzada. por los demonios de la creación que no le abandonaban un segundo. Recuerda cómo más de una vez salía de la ducha, cubierto de espuma y enrollado en una toalla, para seguir con ella en la cocina una animada conversación sobre la nueva dramaturgia, hasta que los estornudos del resfriado hacían que él la arrastrara hasta el baño, y allí los dos, bajo el chorro de agua, seguir hablando y amándose. Recuerda la avidez con que leían los textos que llegaban al país en manos de amigos, la sed infinita de información, la búsqueda desesperada de herramientas con las que construir un discurso novedoso sobre el momento trascendental que vivían. Todo ello sin perder la frescura de una existencia alocada, que obviaba las penurias cotidianas, la falta de un salario las más de las veces, algún que otro desgarramiento aquí o allá con la pérdida de un colega, o los momentos de frustración por no encontrar los caminos para expresar mejor lo que tenían que decir sobre las tablas. Julia recuerda, y le parece que está volviendo a vivir aquel momento, y el espejismo le da ánimos para seguir adelante. Entonces aprieta la mano cálida de Paco, recuesta la cabeza en su hombro y alza el paso, casi saltando de alegría como una colegiala enamorada.

6

La noche

El aire de mar le golpea de frente, arrancándole como polvo los absurdos pensamientos, que van a hundirse en un lugar impreciso entre las aguas profundas y la oscuridad de la noche. Las dudas ceden momentáneamente ante el sonido de las olas que se arrastran con gracia sobre los arrecifes, ignorando el peligro de ser desgarradas por los bordes filosos. Y como las olas, vuelve a levantarse una duda tras la muerte de la otra. En esos intersticios de su pensamiento, se cuelan las imágenes del mundo real que le circunda, cargadas de sonidos que minutos antes no percibía. Pasan hordas de muchachos en plan de extrañas aventuras, adultos persiguiendo el incógnito mientras ofertan las más exóticas mercaderías. Muchachas adolescentes, estupendamente semidesnudas, ofrecen cuerpo y compañía a todo lo que huela a forastero. Otras siluetas grises, como perdidas en su mutismo, permanecen colgadas en el aire, cimbradas por el viento suave de la noche. Y de vez en vez, el motor de algún viejo automóvil, o el silbido de un microbús de turistas invitando al aquelarre de indios madrugones y negras procaces. Lo demás, penumbras, y el incesante capoteo de las olas. ¿Dónde estaba toda esta gente en aquel momento? ¿Qué habría sido de ellos entonces, si a él, figura carismática cuyo nombre era familiar en cada hogar cubano, lo borraron para hacerle pagar su afición a la aventura hippie, a la música "en inglés" (la etiqueta era suficiente), al pelo largo y los pantalones estrafalarios? ¿De qué sirvió todo aquel montaje de pretendida pureza, para venir a dar en esto? ¡Pobre gente! ¡Bien por ellos que no pasaron por lo mismo que él! El pasado los diferencia, les aleja y por mucho que quisiera tender sus manos para alcanzarles, ¡no puede! ¡El presente los une, pero sólo por la fortuita convivencia en lugar y tiempo, "en el mismo barco"! ¿Verdad, Cocteau? Cada uno atesorando sus deseos e intenciones. Cada cual mostrándose a la manera que mejor le lleve a conquistar sus propósitos, en este juego de ocultamiento, pretensiones y exhibicionismo tan viejo como la Historia, tan peculiar como el momento presente. ¡Cuántos años desde entonces! Su vida reducida a unos capítulos en sucesión vertiginosa. GLORIA (¡ah, el teatro!). CASTIGO (irracional). CAÍDA (injusta, arrastrando a Julia consigo). AISLAMIENTO (paranoico, que pretende significar olvido y acaso lo consigue). AUTODESTRUCCIÓN (inevitable ¿salida?). AGONÍA (extenso capítulo, todo un tomo aparte). SALVACIÓN (minada por una paciente impaciencia digna de antología médica, en medio de una nueva y acaso tardía oportunidad). DUDA (para cerrar, por el momento).

Indeciso ante las opciones, desanda el malecón con Julia, debatiéndose en un mar tan agitado como el que está ahí, del otro lado de la barrera de concreto y los arrecifes (ella acaricia los vellos de su brazo fibroso, extasiada en la reciedumbre del hombre maduro que no pierde, a pesar de todo, la ternura de su mirada parda, la nobleza de su estampa, el orgullo y la clase del camagüeyano típico). Se deja rodar por los prados de las vacilaciones, pulsar el viento, hundirse en el polvo y subir en el remolino de aire y briznas que confunden. Ella espera sus respuestas. Hace ya unos minutos, un tiempo, unos años. La pregunta pretexto es — ¿De verdad quieres ir a esa fiesta? —pero debajo yace otra más vital. No quiere escucharla. El problema fundamental... ser o... *that is the question,*

Shakespeare y Marx en un pulso por el reinado sobre la determinación del ¿individuo?

—La opción es tuya. ¿Estás dispuesto? —pregunta de todos modos Julia. Las estrellas, intocadas por el bullicio, son apenas visibles debido al mustio resplandor que lanza la ciudad hacia el cielo. La oscuridad está aquí, acunada en los sumideros de la mente, imperturbable ante sus lances para hallar luz a las preguntas.

—"La vida sería soportable si no existieran diversiones" —es toda la respuesta posible en este minuto.

—Lidia y Giovanni, *La noche,* de Antonioni —trata de seguirle la impecable memoria de Julia en un juego que él no busca. Es sólo una cita para aventurar respuesta. Porque quiere ir a esa fiesta. Porque le apetece un trago pero sabe que no le está permitido. O sí, pero como una trampa. Es la prueba del fuego. Debe acercar la mano a la llama. Si su piel se derrite y la carne chamuscada sangra arrancándole un grito de dolor, todos sabrán que Paco es aún el mismo paria de estos años. Que no es, que ya no podrá ser el que buscan para un estreno de éxito que los conduzca a España. Escapar, ocultarse, rehuir la prueba, es otra opción. Ser o no ser. Pretender sería que nadie vea la quemadura oculta bajo el traje de la apariencia correcta. Que nadie sepa que ha bebido hoy en el ensayo porque, si no lo hacía, no lograría llegar al final del texto. Porque sus nervios le vaciaron las piernas y no le sostenían. Nadie sabrá. Esa es la opción que le reservan. Paco no es el Paco que es, sino el que debe ser. Lo de siempre.

—¿Qué te has hecho en esa mano? —Julia tan nerviosa como cada día. Los nudillos del puño izquierdo están destrozados. Han ido dejando la piel en el musgo y la arena del muro del malecón que se deshace. Su presencia extendida como un sueño a lo largo del sofá de La Habana. La voz de ella le hace reparar en el ardor que ahora siente multiplicado y que su aliento tibio trata de adormecer. Sangra. Duele seguir sin la respuesta. El pañuelo hace las veces de agua, alcohol, vendas. Y el consejo de la mujer, enfermera, amante, llega para que se distraiga.

—Te hará bien compartir un rato con la gente de la compañía; claro, sin caer en tentaciones.

Su respuesta no le alcanza. Es la lluvia que comienza a caer, fina, sin peso, como indecisa. Julia que le arrastra hacia la acera contraria buscando protección bajo la galería de columnas. Las columnas que revelaron el nombre de esta bendita urbe a Carpentier. Pero él se resiste porque siente el placer de la distancia entre los caprichos del tiempo y el derrotero de su mente; entre el frío del polvillo acuoso que le cubre y la ebullición del desconcierto en su cabeza, refugiado en los compases de una melodía desconocida, como de vals a veces, de vieja trova otras, con una letra sin sentido que no obstante sugiere emociones o la falta total de estas, pero le protegen al fin del mismo desconcierto que las motivaron. Así avanzan en paralelo. Julia guarecida conminándole a marchar junto a ella. Él, indefenso, desafiando la lluvia con la decisión ciega de quien no alcanza decisión alguna, pero lo mantiene en un estado agradable que, incluso, le produce alivio al dolor de su mano y un efecto impreciso que lo lleva a afincarse en el placer de ser sujeto diferente, que no simple objeto de la situación. Las dudas se hacen un bulto en la cabeza. La turbación se debate en pugna con los deseos de un buen trago. Atrae a Julia hacia él con ánimo renovado y ella sorprendida se deja beber de un beso antes de reaccionar besándole con igual fruición, sin importarle la gente que pasa, ni el agua de la ropa de él que moja la suya, oscureciendo el vestido rojo en las zonas de contacto de ambos cuerpos, diseñando como por azar, manchas de un Kandinsky incierto. La huella del no delito. Cuando él le dice ¡vamos!, en una confusión de labios, lenguas y palabras, ella asume que su Paco ha alcanzado una resolución libre de temores. Y se alegra como hace mucho tiempo no lo hacía.

Una hora después van camino a la playa, apretados entre los otros pasajeros de un vetusto Dodge '53 de alquiler. Venció el humor. Un beso tierno de ella y otra caricia a los vellos de su brazo buscan reafirmar esta suerte de éxtasis, porque esta noche ella siente que Paco del Real debe y puede brillar por su histrionismo. Es lo que todos esperan y Paco quiere darles lo que piden. Aunque en su interior un leve temblor de inseguridad le inquiete. Aunque bajo la mortaja del pañuelo, los nudillos sangren y un sabor inquietante se regodee en su paladar.

Calidades del recuerdo

Claudia recuerda los momentos de su decisión de casarse con Marcel. Aquel embarazo apenas mantenido en secreto hasta que estalló el escándalo en la casa y su padre se sintió doblemente traicionado; por la falta de linaje de su yerno, primero, y por esta desgracia que no le dejaba otra salida que forzar el matrimonio para preservar el honor de su hija. Recuerda el olor a alcohol y vitaminas de los pasillos de la clínica a la que fue conducida con amenazas de aborto que luego se concretaron. Y no puede olvidar la inconfesable sensación de alivio cuando su maternidad se vio frustrada y sintió que ese lazo de menos hacía más coherente su indefinible relación con Marcel, basada en una escasa atracción física y una subordinación de carácter no tan clara. Una especie de "hacer lo que corresponde aunque no me importe" y, eso sí, la necesidad de un acto de rebeldía que le enseñara a Raúl, su padre, que ella tiene fuerzas para determinar su vida, que no admite estar tan fríamente programada por su mentor. Esta ambigua situación se aviene más a su personalidad, a sus inclinaciones, a sus deseos. Por eso recuerda estos pasajes sin que a su contradictoria existencia se añada una gota de amargura o desazón. Y cobra conciencia del equilibrio que en su ser impone la secreta inclinación que siente por las caricias de otras mujeres.

7

Los otros

Claudia tiene miedo. ¿Qué hacer con Marcel? ¿Cómo asegurará la beca? Esto es lo primero y nada debe ponerla en peligro. El padre no echa nunca una pelea que no sepa ganada de antemano y en esta se ha metido con todas sus fuerzas. No renunciará al orgullo de ver a su hija coronada con unos estudios en el extranjero lo que, de paso, será una forma muy probable de salir del yerno a quien tanto desprecia. Puede dar casi por segura la beca, pero ¡falta tanto hasta mañana, cuando harán el anuncio! Quisiera dormirse ya, como cuando era niña, para propiciar la ilusión de acercar el amanecer. ¿Y si hay un cambio de última hora? ¿Y si otro candidato mueve resortes que le favorezcan? ¿Y si...? Todas las variantes que la alejen del triunfo van creando un inquietante nido de serpientes en su cabeza. Medusa suicida. No puede buscar apoyo en Marcel, es obvio que ese infeliz no tiene futuro. Que no hay amor y para colmo sabe que en todos estos años no ha dejado de verse con la zorra esa, la mujer del gerente de la tienda, consolándose con lo que no le da por pura inapetencia. ¡Vaya modelo! ¡Con ese cuerpo de botella de Coca Cola! Las modelos de hoy son finas, estilizadas. En fin, qué más da. La vida va a imponer la solución sin dejarla con cargos de conciencia. Una separación de dos años acabará con lo que queda de este matrimonio impuesto por un embarazo que la mano de Dios frustró. Y Claudia sabe que ni la conveniencia de un techo seguro y el sostén de un suegro bien situado aguantarán a Marcel a su lado. Si no lo han prevenido de llevar la doble vida que lleva... ¿Y aquella amiga que no se sale de su mente? ¿O la española que acaba de conocer? Esa comezón que no le abandona cuando están próximas. ¿Cómo osar decirse a sí misma, que le excita otra mujer, que sueña con ella? Que le perturba su actitud ambigua, su manera taimada de acariciarle en una confusión de lujuria e instintos acaso maternales. No puede olvidar la consistencia de su cuerpo mullido, de sus pechos que busca en el abrazo. ¿Qué hallas en los abrazos de Marcel? ¿Se atreverán a aceptar un nuevo encuentro? ¿Cómo reaccionarían? Apenas un beso. No resiste la excitación cuando imagina la ternura de un beso envuelto en las fragancias de esa mujer "tan guapa". ¡Y Marcel que no acaba nunca!

—¡Marcel, por favor, se hace tarde y papi ya está al llegar!

—¡Tranquila! —sale él de la pieza componiendo un poco su descuidado atuendo, las sandalias aún sin abrochar— ¿Cómo es lo del concurso?

—¡Soy una de los cinco finalistas! ¿Puedes entender eso? Mañana deciden quién será el primer premio.

—¿Y qué tienen que ver la fiesta y tu padre en todo esto? ¡Claro! ¡Ya suponía que "Don Raúl" no podía dejar que el premio fuera para otra que su hijita del alma!

Ella vuelve a explicar, tratando de mantener el tono amable y su atención cautiva. Obvia los detalles finales, los dos años de separación que implicaría el premio. Su intuición femenina le hace desviar el tema con algún pretexto para no obligarse a concluir. El mejor de los recursos a mano: el contraataque.

—Deja ya de reprochar a mi padre lo que hace por mí. Mírate a ti que sólo haces lamentarte y culpar a los demás de tu estancamiento. ¿Dónde quedaron tus ambiciosos proyectos, aquellas fabulosas instalaciones? ¿Adónde irás con tus desnudos para turistas? Lo que no hagas por ti, no lo hará nadie. ¡Acaba de entenderlo! —y los celos que ya no existen— ¿Y me puedes explicar qué hiciste hoy con tu "modelo?" ¿Cuál de sus órganos estudiaste?

—¿Dónde está mi pipa? —indiferencia fingida, maniobra diversionista.

—¡No se te ocurrirá fumar marihuana en la fiesta! ¿Verdad, Marcel?

—¿Dónde está...?

—¡Marcel! ¡Esta noche es muy importante para mí! No pensarás hacerlo delante de todos ¿no? ¡Esta no es una fiesta como la de tus amigotes!

—Me imagino que será como las de tu padre. ¡Pura palabrería y chismorreo de viejos libidinosos! Y si es así me largo a la primera oportunidad. ¿Qué hará el señor asesor para arreglarte el premio? ¿Cuánto pagan?

Claudia no va a insistir. No quiere discutir. El premio está al alcance de sus manos. Sólo falta un pequeño empujón de Raúl para que esta noche pueda dormir confiada; o no dormir, con la certeza de que el boleto de avión y los dos años en España están en sus manos. Pero que Marcel lo sepa cuando ya sea un hecho irreversible. No quiere desgastarse en discusiones que hagan salir a flote la crisis que se anuncia. No ahora. No quiere llegar a la fiesta alterada y dar una imagen de inseguridad ante un miembro del jurado. Hacerse del premio, saldar cuentas e irse es lo mejor. Poner mucho mar entre sus aspiraciones y esta vida gris y confusa que lastra su futuro soñado. Ya vendrá la inútil protesta de Marcel y ella tendrá la opción en sus manos. Verá qué hacer entonces con el matrimonio. Y con sus instintos... Mantenerse discretamente lejos de Amparo esta noche, evitar cualquier encuentro incidental a solas que lance a una a los brazos de la otra es parte de la solución. Por el momento. ¡Sí! ¡Todo por su carrera! ¡Ya habrá tiempo para amar! Pero, por el contrario, ¿no sería conveniente que algo extraordinario sucediera esta noche entre ella y esa española divina que se le ha metido en el cuerpo de solo verla una vez?

—Si quieres impresionar esta noche, vístete con mejor gusto. No te va bien ese vestido de yupie frustrada. ¡Ah! Y después no me pidas, que no te voy a dar —y así diciendo, guarda en el bolsillo de su holgada camisa tres cigarrillos torpemente enrollados. Ella entierra lo que en otro momento sería explosión de vanidad herida y accede con un abrazo que él soporta inerte, le besa suavemente los labios y va a cambiarse el vestido para volver complaciente.

—Si es cierto que en la fiesta estará Paco del Real, al menos por eso vale la pena ir. ¡Ese hombre es increíble! ¿Has oído que vuelve a actuar? ¡Y hace el mismo personaje que tanto revuelo causó en los sesenta! ¡Qué fuerte!

—¿Podemos irnos ahora? —Él acepta con mueca escéptica de que nada cambió en su apariencia; pero le da lo mismo mientras ella acalle la letanía de los celos. Mientras deje de agredirle echando mano a su falta de perspectiva futura, de pasado incluso. Porque ha llegado a la decisión de no tener pasado. Una infancia apegada a una madre abandonada que muere cuando él apenas comienza a diferenciar el día de la noche. Continuación forzada al desamparo de un señor abogado, ni padre ni tutor, más ocupado en perseguir al enemigo y a las esposas de los amigos que en dedicar una caricia o algún bien simbólico a este ser que los documentos le asignan como hijo y que nunca fue para él más que la herencia de un antiguo mal paso. Para colmo, una vocación por el arte que le hace reconocerse por primera vez como ser humano y lo convierte ante el abogado en una ofensa, una burla a su vida de sacrificios por construir una sociedad mejor, sin hippies, ni artistas, ni maricones... Una relación sin relación que convierte en imposible cualquier posibilidad de compartir el mismo techo. La calle como abrigo, la sobrevivencia instintiva, el tráfico de intereses... Marta... Este matrimonio...

Alcanzan la esquina cuando ya es noche cerrada.

—No hay ni una estrella en el cielo —y la frase se corta por el chirrido de gomas de una moto que ha estado a punto de atropellarles. Ella se aferró a su brazo y cerró los ojos.

Marcel no logró reaccionar. No le salió el grito ofensivo ni la exclamación histérica. Los de la moto apenas les miraron con una descarga de cólera y reproche. Pero nada más. Al pesado silencio siguió el rumor del motor vuelto a ponerse en marcha y una estela de humo blanco que volvió a marcar la distancia y el camino que siguen unos y otros.

—¡La gente está más loca que yo, no miran ni dónde pisan! —Trata de insuflarle al oído el que va sentado detrás al que conduce. Sólo el tono amanerado de Pablo llega a Marcos, que sonríe y asiente tratando de adivinar la ocurrencia, pues las palabras se han ido desprendiendo una a una por la fuerza del viento.

—Y dime una cosa, Mark, ¿tú crees que tu viejito pueda de verdad, con el personaje? —ahora mezcla su amaneramiento con un poco de fuerza en la pronunciación y un tono sibilino inequívoco. Marcos acelera porque acaban de girar para entrar en la avenida del malecón. Y porque quisiera atropellar con su máquina las malas intenciones de la pregunta.

—No jodas, Pablo ¡ya lo tiene! Ese personaje está hecho a su medida. Y no hablemos de eso ahora, ¿quieres? No es el momento más apropiado —y enseguida, tratando de debilitar la persistencia del otro— ¿Y tu recluta no viene a la fiesta?

—¡No sé... pero allá él! ¡Entre el juego a los escondidos con su novia y las guardias de fin de semana en su unidad ya me tiene hasta aquí!... ¡Oye! ¿Y a ti no te interesa una rica y famosa como yo? —Marcos ríe ante la ocurrencia del amigo y con los espasmos le sale entrecortada la frase— ¡No jodas, Pablo, anda!

—¡Si pudiera seducirte, verías lo que haríamos juntos con esa compañía!

—¡Y dale con la cantaleta!

—¡Ay, es que me preocupa la compañía! Tú sabes... Una gira tan importante y tú encaprichado en el viejo ese.

—Si vuelves a hablar del tema conecto la catapulta y vas a ir a dar de culo en el Morro.

—¡Ay sí, anda! ¡Pero que caiga justo sobre el faro! —Marcos ríe, entre burlón y tolerante. Pablo también, disfrutando su propia ocurrencia, aparentando abandonar el asunto que le interesa, pero sigue rumiando su plan en silencio.

No cejará hasta hacerse con el papel que a "ella" le corresponde, ¡como que se llama Delirio! Y así diciendo, fija su atención en los efebos que van poblando en número creciente el inmenso sofá de La Habana, el muro del malecón. La estela de un suspiro va quedando tras ellos, trenzada en el humo azul que deja la moto, como un pañuelito de holán...

Calidades del recuerdo

A Marta no le gustan los recuerdos. Ella vive el presente en toda su materialidad posible, confiada en que el futuro le deparará la vida muelle a que aspira. Pero cuando piensa en Marcel, no puede evitar las imágenes que vienen desde su adolescencia, cuando alternaba sus servicios sexuales a cambio de regalos o favores con el cartero, el conserje de la escuela —a pesar de su afeminamiento, bien dotado por la naturaleza— o algún mataperros del barrio; con el caprichoso enamoramiento que sintió por el muchacho desvalido *y* hosco, que sin embargo tan bien sabía acariciarle como a ella le gustaba y rendirla con cierta dosis de violencia en sus reclamos. Cuando Marta recuerda estos detalles, no puede evitar un rubor excitante que le atraviesa el cuerpo. Pero Joaquín nunca está a su lado para calmarla. O no está dispuesto para ella. Entonces comienza a planear, como casi todos los días, la manera de encontrarse con Marcel en su estudio y fundir esos recuerdos en las aguas hirvientes de la realidad. Y sólo en ese trance, le importa muy poco lo que sucederá mañana.

8

Preámbulos de una fiesta

El chalé, estilo años 50 a gritos, se destaca aún más por el blanco pasmoso de las paredes que se recortan contra la noche y el susurro de las olas, en medio de la explanada que se extiende entre la calle y el mar, a través de una extensa franja de arena salpicada aquí y allá por arbustos y cocoteros. Esta noche sería una más en la monótona existencia de la barriada de Guanabo cuando termina la temporada de playa. Pero hoy, para cualquiera que se acerque a esta casa, es fácil advertir la comunión entre la brisa juguetona y la euforia que le aportan los que llegan, cuando el jolgorio de la noche aún se prepara y la música no quiebra los sonidos del mar. Los dueños, una pareja de ancianos regordetes, se alejan entre alegres por el dinero que guardan con aprehensión en el bolso y preocupados porque...

—Nunca le hemos alquilado a artistas ¡Esos locos son capaces de cualquier cosa!

—¡Ay, Micaela, no pasará nada! Si rompen algo de lo poco que queda, lo tendrán que pagar, y punto.

—¿Y si se ponen a hacer inmoralidades? ¡Ya sabes cómo son!

—¡Ay, vieja! ¿Quién piensa hoy en esas cosas? —y siguen su paso, acompasado por los años que carga cada uno y la rutina de varias décadas de convivencia. Paco y Julia se cruzan con ellos junto a la entrada de la vereda que atraviesa el jardín hasta el umbral. Han escuchado parte del diálogo y sonríen burlones y comprensivos.

—Vaya fama que tienen "ustedes, los artistas" —juega Paco a despejar las tensiones de Julia en la medida que se acercan al instante en que se abra la puerta y den de narices con el reto de la fiesta.

—Déjame verte bien —y le pasa la mano por el pelo alisando un mechón que el viento desordenó. Besa sus párpados con una suavidad que consigue lo que las piedras al ser frotadas, que los ojos pardos de la mujer brillen mientras él disfruta mirando el triángulo que componen con el simpático destello del colmillo, ligeramente adelantado en la fila casi perfecta de su dentadura. Acompaña la caricia tierna y el juego de su mente con el descenso sutilmente lascivo de la mano por el costado del seno, la espalda y finalmente las nalgas aún firmes de Julia.

—No me investigues más, genio mío. Te estás pareciendo a Einstein con esas canas rebeldes y el bigote blanco —le mima ella.

Entonces llaman a la puerta.

Con su entrada se enciende la atmósfera de lo que será la fiesta en cuya génesis se ufanan algunos adelantados que ruedan muebles buscando hacer el mayor espacio para el baile y diferentes ambientes para la conversación, o se esfuerzan en crear una decoración humanamente digerible, haciendo desaparecer figuritas de yeso, flores artificiales y toda la parafernalia ecléctica de estentórea carencia sazonada con el peor de los gustos. Alguien se ha traído carteles de las obras de repertorio de la compañía. En uno, ya añejo y apolillado, aparece el rostro de Paco en el papel de "el filósofo" —¡Ta tan! —les muestra con aspavientos una de las mujeres y todos se unen a la afectada emoción de la sorpresa. Paco se detiene sombrío a leer los créditos en el borde inferior del cartel. Junto a su rostro excesivamente maquillado, aparece, al estilo gráfico de la época, un exceso de detalles informativos que abarcan desde el reparto íntegro hasta la directiva artística y administrativa de entonces. Nombres de aquellos que de alguna manera guardan relación con el castigo de Paco. Están todos, los que sancionaron y los que permitieron con su silencio, Carlos Sánchez, el director-interventor de entonces, Raúl, Héctor... ¿Qué habrá sido de esa gente? Oyó decir que Carlos desertó durante un viaje a Europa y pidió asilo político en no sabe qué país; el perseguidor fingiéndose perseguido por algo más que su propia conciencia. A Raúl le perdió la pista cuando pasó a trabajar en algo de los sindicatos. De Héctor no ha sabido jamás. ¡Hum! ¡Al menos el teatro se libró de esta plaga!

—¡Ven, veamos qué se comerá en esta fiesta! —y Julia lo aleja de sus recuerdos arrastrándolo a la cocina. Allí hallan a dos o tres actores más aderezando ensaladas, improvisando pastas, rebanando panecillos para hacer crecer la oferta, mezclando ron barato con limonada, bromas con bocadillos del teatro bufo cubano. Julia interrumpe el periplo gastronómico y otra vez remolca a Paco hacia la sala donde el vocerío anuncia la llegada de Marcos y la extroversión escandalosa de Pablo, hoy más amanerado que nunca. Abrazos, besos y una sombra que atraviesa el saludo del andrógino cuando enfrenta a Paco con afectado entusiasmo, afectación que pasa sin transición alguna al más socorrido despeje con increpaciones y risas estudiadas.

—Ay, pero, ¿en este velorio no hay música, niñas? —y se quiebra al instante con una estampida, mientras agita en sus manos varios cassettes. El ruido se instaura en la noche a incontables decibeles.

—Aún es temprano y falta gente por llegar, ¿damos un paseo por la playa? —Intenta Julia moverse en cualquier dirección contraria a las tentaciones de la bebida, a los conflictos de la farándula. La pose provocadora de Pablo la pone nerviosa. Comprende que su actitud del momento es portadora de peligros. Y se duele de que el resentimiento le convierta en una "loca" agresiva contra los heterosexuales.

—¡Pena de muchacho! Si se asumiera sin algarabía ni hetero-
fobia sería una maravillosa persona. Pero sus bilis lo traicionan, lo
llevan a hacer el ridículo, lo alejan de otra gente que podría compartir su amistad sin ningún prejuicio. ¿No crees?

—Creo que tiene madera para ser un magnífico actor...

El paseo se limita a un errático y breve círculo en torno a
la casa. Apenas Julia se descalza y comienza a sentir la caricia de la arena entre los dedos de sus pies descalzos que le
deja una sensación de pertenencia a los elementos; el lugar es
inundado en intervalos de pocos minutos por los invitados
que faltaban, como si todos hubieran cronometrado su arribo.

No por conocidos, los personajes dejan de impresionar en
su trasmutado aspecto. Los hay de todo tipo. Desde las mujeres que pasan normalmente inadvertidas y esta noche cobran
un relieve interesante gracias a un simple toque de presun-
ción, hasta las que se empeñan en escandalizar con atuendos
de mal gusto y vulgares maneras. Cada uno tiene su propio
estilo de atraer la atención. Hay los que se hacen notar tratando de pasar inadvertidos y los que posan de intelectuales, intentando impresionar al resto, y, especialmente, al productor
español que llega solo, en un taxi de turismo. Otros, más des-
enfadados, apuestan a la extravagancia del vestuario, a una
imitación edulcorada de modelos de alta costura sacados a
destiempo de las páginas de viejas revistas europeas. Están
los que musitan radiografías de los demás y los que, a falta de
las indumentarias que quisieran exhibir, escandalizan con
cualquier pretexto esparciendo rumores ardientes. Unos pocos
pretenden divertirse sin importarles cómo ni la opinión del
resto. Estos construyen sus islas al margen del aquelarre que
se anuncia con estruendo.

Cuando cada cual está en su sitio, alcanzados los niveles
de presencia deseados, hace su aparición la española, acompañada por un obsequioso Raúl, que no pierde tiempo para
cocinar sus negocios escoltado por una Claudia reverberante

y un Marcel desgajado, entre tímido y apático. Estos van a sumarse directamente al séquito de interesados en asuntos distintos a la alegría de la fiesta, inventándose un palco presidencial, una atalaya a distancia del vulgo, una invisible cortina que les proteja. Nadie se les acerca excepto Pablo, que enseguida asume la tarea de mantener llenos los platos y vasos de la comitiva, sin desperdiciar ocasión para hacer notar su embeleso por el apuesto español y el olor enloquecedor de un agua de colonia desconocida para él. Raúl es el edecán del grupo. Su charla entusiasta no cesa, en franca competencia con la estridencia de la fiesta. Corteja discretamente a la mujer, en dosis fríamente calculadas para mantenerla atenta y a merced de sus influjos. Ella tendrá que caer en sus brazos, en el engaño de una seducción que sólo busca arrancar de su entusiasmo el compromiso del voto final por Claudia. Claudia oculta su nerviosismo a duras penas, pero poco a poco se las arregla para inyectar su presencia en el espacio que le dejan. La muchacha tercia en la conversación con frases inteligentes y simpáticas que atraen la atención de la española. Y en los silencios, se detiene a admirar la lozanía de la mujer que a todas luces derrotó el paso del tiempo con el cuidado más exquisito de su piel y de su cuerpo. Debe acercarse a los cincuenta, pero su rostro no tiene arrugas y bajo la blusa, libres del atávico sostén, sus senos se perciben aún firmes. Firmes como lo sintió ella misma en el abrazo de esta tarde. Toda ella exhala un aire de agilidad y suficiencia que estimulan la libido de Claudia, y traen a su tacto el recuerdo de los abrazos aparentemente inocentes de... Marcos se mantiene circunspecto, reservándose para el momento de apoderarse de la atención del productor, a ratos incómodo por el juego de seducción de Pablo que le quita espacio para su trabajo de persuasión. Otras veces sigue con la mirada el rastro de Paco en medio del tumulto (¿dónde está? ¡Ah, sí! Va hacia la cocina, ¿qué hace allí?) preocupado por su posible actitud, alerta sobre su talante. Paco es su baza de triunfo. Llegará el momento de presentar su actor principal al productor. Y el productor, de tanto en tanto, se aísla del asedio y reclama la atención de su colega tomándola del brazo y deslizando frases capciosas en su oído, mientras su mirada le indica el doble sentido de sus palabras y ella acepta, entre comprensiva y preocupada por la posibilidad de que alguien cercano pueda descifrar tales comentarios —¡Todos aquí somos muy sensibles, cariño! —le previene con afectada intimidad que hace que Raúl, expectante, no pueda evitar una expresión idiotizada al mal interpretar ese "cariño", y sentir que se reducen sus posibilidades de seducción— ¡Bah! —se dice a sí mismo— estos europeos son unos promiscuos. Unos tragos más y cada cual quedará a su albedrío.

La fiesta está realmente animada. Diríase una celebración anticipada de un triunfo que les compete a todos los presentes. La música sigue dominando la escena. Algunas parejas sudorosas no abandonan la pista de baile. Otras se incorporan cuando Pablo, "como que me llamo Rosa", impone su disco predilecto y el ritmo se hace suave, meloso, permitiendo la quietud del abrazo, la excitación de la proximidad total. Aquí y allá pequeños corrillos más o menos escandalosos, risas y murmullos, exabruptos. Y como siempre, algunos seres libres que no se detienen en un sitio ni en otro, itineran incansables por los distintos ambientes de la fiesta.

Calidades del recuerdo

Entre tantas reuniones, papeleos, compromisos y planes, Raúl no tiene tiempo para recordar. Para él, el pasado no importa. El presente es la agenda obligada para labrarse un futuro en cualquier circunstancia. Por eso cuando entra a la fiesta y ve el viejo póster teatral, sólo se detiene en el detalle de su nombre, escrito en letra de imprenta en el mismo cartel publicitario que el de Paco (aunque con muchos puntos de menos en la caligrafía) y siente que en ello hay razón suficiente para que en esta fiesta le reciban como propio y pasen por alto su indisimulable apariencia de funcionario. Es una fiesta y nadie estará parando miras en algún que otro detalle desagradable de los viejos tiempos. Confía en que en una situación de crisis como la que vive el país, todos aquí estén por la misma causa, sobrevivir, luchar... Y una vez más desecha los recuerdos.

9

Los otros (lazos que se quiebran)

El humillo ha crecido en franca competencia con los decibeles que escala la música. Una sensación de extraño enjambre envuelve a Marcel, que no soporta más el estruendo ajeno en torno a su angustiosa necesidad de hallarse en otro sitio, en otra compañía. No quiere el silencio liberador de la noche sino caer, niño que huye del miedo a la oscuridad, en los brazos salvadores de Marta, su obsesión recién recuperada. No piensa ni por asomo en que ella pueda rechazarlo. Están muy frescas las secuelas del reencuentro. Su desempeño no pudo dejarle lugar a las dudas. La vida ha derrotado a Marta. Su relación con Joaquín se arrastra moribunda. Sobrevive porque no quedan fuerzas ni valor en ambos para cambiar sus vidas. Un obeso mercader de pacotilla incapaz de seducir a su joven mujer. Una Marta lánguida y como alelada en su vida muelle, que sólo encuentra cierta excitación bajo los velos de la marihuana. El mejor escenario para que un Marcel triunfal removiera otra vez las entrañas dormidas de la mujer a fuerza de sexo, pasión y humillaciones, como la de hace apenas unas horas. Él no quiso agredirla sino provocarla, violentarla un poco, porque no encuentra otra manera de hacerla reaccionar para arrancarla del mundo de naderías en el que vegeta. Tiene que salvar a Marta. Ella se le ha hecho brutalmente necesaria con esa manera desembozada de hacerle sentir físicamente sensaciones que antes desconocía. Esa mujer le proporciona placeres inmensos con naturalidad, con desparpajo, sin los rebuscados artilugios de mujer fatal a que acude Claudia en los escasos momentos de intimidad que se permiten. Pero el amor de Marta por las cosas, su incultura manifiesta, colocan su imagen por debajo de las expectativas. Él sólo pide que ella se eleve sobre la llanura de esa vida plástica en que se ha sumido con el marido, buscando equivocadamente el paraíso terrenal. Un paraíso virtual del que, antes y ahora, prescinde a ratos, para venir a hallar vida real, en los brazos de Marcel, aunque tenga que aceptar el juego de humillaciones a que la somete el amante. Un juego que en el fondo desea porque le hace sentirse viva, impelida a luchar. Ella se ha acomodado a este ritmo. Él, aunque no se atreve a aceptarlo, también. Incluso Joaquín y Claudia, que saben lo que se traen sus respectivas parejas, han terminado aceptando por su propia conveniencia. Por comodidad. Nadie en ese cuarteto parece estar dispuesto a mover un dedo si ello conlleva la menor alteración de su rutina. Han llegado a conformar una familia, en la que los nones tratan de ignorar lo que hacen sus pares. Pero él necesita a Marta. Necesita verla ya, ahora, sin dilación, para que borre con un solo encontronazo de sus cuerpos la pegajosa sensación que esta celebración ajena le produce, que estos seres distantes y afectados infligen a su hambre de sosiego. ¿Y Claudia? ¡Bah! Esta noche no advertiría su desaparición. Ya tiene suficiente con la cacería del premio, que agranda las distancias acostumbradas entre ellos. ¡Necesita un teléfono! No hay un aparato en todo el salón. Ninguna cabina pública en las cercanías. ¿Tal vez en alguna casa vecina?

—¡Disculpa, cariño, pero tengo que solucionar algo importante con papá! ¡Diviértete, anda! —Claudia pasa junto a él llevando una bandeja con varios tragos y descarga, sin detenerse, esta explicación que subraya la soledad que lo asfixia. En medio de la algarabía siente el timbre de un teléfono, ¿Dónde? Aguza el oído. El sonido divino proviene del pasillo que conduce a los dormitorios y la cocina. Alguien abre apresuradamente una puerta y entra a atender la llamada.

Él queda al acecho y en cuanto la pieza queda libre, entra. Allí, en medio de la penumbra de una habitación desordenada, a los pies de un camastro, está el mágico aparato. Pero algo en el mecanismo anda mal. Debe mantener presionado el centro del disco con un dedo y hacerlo girar cuidadosamente, hasta que el sonido se interrumpe en la posición requerida. La delicada maniobra hace crecer su ansiedad. Luego de dos intentos fallidos, logra completar el último número. Entonces llegan los timbres acompañados de la inquietud. ¿Habrá marcado bien? ¿Quién responderá al otro lado? ¿El Hospital Ortopédico? ¿El Ministerio de la Construcción? ¿Un anciano colérico que le dirá insultante que aprenda a discar? Sentado en el piso, temeroso de ser descubierto por Claudia o rechazado por Marta, espera impaciente que al otro lado de la línea la mujer responda. Mientras, repiquetea con la mano libre sobre las baldosas al tiempo que recorre con la mirada el breve espacio que alcanza a iluminar la luna cerca de la ventana.

Una mesa de noche que fuera blanca, ahora de un tono pardusco con vetas y rajaduras. Un viejo reloj que ha perdido sus agujas y sigue mirando sin expresión alguna hacia la oscuridad del recinto. Bajo el cristal de la mesa, varias fotos amarillentas y borrosas, una vieja postal con la inscripción "Felicidades mamá" y una calcomanía antigua de la Coca Cola.

—¿Oigo?

—¡Marta!

—No, mi vida, número equivocado —se arrastra con fastidio la voz dentro del cable.

Angustiado, reinicia la difícil maniobra de discar. Ahora escucha el mismo timbre de casi todos los teléfonos de La Habana, pero cree reconocer en él al de Marta. Un timbre. No hay respuesta. Ante sus ojos cae la imagen del Sagrado Corazón de Jesús, aprisionada bajo el cristal empañado *...Oh, Dios misericordioso te dignaste a darnos como eterno regalo de amor...* dos timbres. No hay respuesta *...el corazón de tu*

Hijo, sangrante por culpa nuestra... ¿estará en casa? ...concédenos te suplicamos que rindiéndole el ferviente homenaje de nuestra devoción... tercer timbre y nada *...podamos alcanzar una verdadera reparación de nuestros pecados y la misericordia de tu bondad infinita...* —¿Sí? —¡Llega la voz desde el espacio sin fin! ¡Es Marta! Las palabras en susurros imploran un encuentro inmediato— ¡No importa dónde, pero tenemos que vernos! —Él está dispuesto a desaparecer de la fiesta. Luego arreglará el asunto con Claudia.— No te preocupes, pero ¡veámonos ahora!... ¿Cómo?... ¿Y no puedes hacer nada o es que no lo deseas?... Pero Mama, ¡coño! Eso no tuvo importancia, ¡fue sólo una broma, mi vida! Si te molestó, te pido me perdones... Bueno, pero dame alguna seguridad. No, no me digas que no vas a poder... ¡No cuelgues, Marta... Marta!... ¡Puta de mierda! —salta el improperio las barreras del susurro al tiempo que el auricular choca sobre el aparato a punto de quebrarse. No hay remedio. El rencor regurgita en su pecho y la turbación pone su cabeza a arder *...que su corazón abierto sea lugar de refugio para las almas piadosas y sea tu nombre alabado por siglos y siglos. Amén.*

Al otro lado de la línea, Marta siente remordimientos por su falta de audacia, por su fingida dureza, por la flaqueza de asumir su soledad sin emprender un acto liberador, algo que desafíe la inercia de un Joaquín que dormita frente al aparato de vídeo mientras de su mano pende lánguidamente una lata de cerveza que se derrama sin que a nadie le importe. Arrepentida, quiere recuperar el contacto con él. Pero no sabe adónde llamar. ¿Qué hacer? Ella arde entre las sábanas deseando ser poseída, tomada por asalto mientras finge resistirse un poco para pasar después al ataque, a la manera en que lo hace Marcel desde el primer día, como nunca lo ha hecho Joaquín. —¡Ay, Jesús, ayúdame a salir de esta mierda! —Y su mirada se detiene en la mano lánguida del Sagrado Corazón que preside una esquina de la pieza, advirtiendo por primera vez la sensualidad de esa imagen que le hace sentirse protegida sin atisbos de violencia, y su pensamiento es acompañado con cierto automatismo por el roce, primero imperceptible y ahora más consciente, de la seda de su ropa interior sobre los puntos sensibles de su cuerpo. Una última mirada al bulto que duerme en la sala le da seguridad para entregarse al placer, balanceando su pierna primero, abandonándose al juego de sus propias manos después. Sus dedos buscan el surco enfebrecido haciendo que la caricia de la seda le llegue hondo, atrayendo toda su sensibilidad hacia ese punto que hierve mientras su pensamiento vuela hacia el cuerpo delgado y fuerte de Marcel, su pene tenso, nervudo, que entra en ella con fuerza, con gozo, hasta producirle esos calambres que la llevan lentamente al paroxismo, sin escatimar gemidos que saltan desde su pecho y se encajan en la mordaza de su mano libre, hasta que estalla y el grito se riega por la casa sin que el cuerpo inerte de un Joaquín al otro lado de la vida acuse recibo del estallido inútil de la mujer. Ya lánguida y desparramada sobre las sábanas revueltas, vuelve a ganarle una sensación de vacío que no le deja perdonarse la tozudez que le impidió esta noche decirle a Marcel que sí, que debían encontrarse porque ella no se aguanta los deseos y se ahoga en la soledad de su matrimonio, porque ella también lo necesita, porque ella... no puede aspirar a una vida libre, esclava como se siente de las migajas que le arranca a la subsistencia con Joaquín.

En el pasillo, un Marcel iracundo que sale de la pieza oscura con todas las huellas de su culpabilidad en el rostro, tropieza con una Claudia que vuelve a la cocina por más tragos para mantener animado el corrillo de intereses diversos, y que no quiere saber de qué hablan los ojos sorprendidos de Marcel. Ella asume su presencia afectando alegría despreocupada.

—¿Qué hacías ahí? —finge interesarse con una expresión que no se molesta en encubrir su evidente estado de euforia. El embarazo en la mirada del otro provoca el paso raudo de una sombra a través de ella. Una manada de imágenes que tratan de figurar las posibles maneras de traición en que estuviera incurriendo Marcel en aquella pieza oscura, pasa en tropel por su mente. Pero todo es tan fugaz que no deja huella, como un caballo que atraviesa las brumas de la carretera frente al parabrisas, o como el sexo rutinario que ya conoce.

—¡A que no adivinas! —le salen las palabras impensadas, seguidas de una duda insuficiente sobre lo adecuado del momento. Pero a esta le siguen otras frases— ¡El premio es mío! —él no reacciona— y eso significa... que debo irme... a Madrid...

—¿Qué dices? —lo desborda la sorpresa.

—...dos años —no se detiene ella y con felina agilidad, antes de que estalle una tormenta más o menos auténtica, lo incorpora a su juego estratégico como una figura molesta que es preciso mantener entretenida en su abandono— ¡Ven! —y ya en la cocina le coloca un vaso en la mano— ¡Anímate un poco, anda! ¡Brindemos por mi triunfo! —y al amparo del eco de los vasos al chocar, vuelve a dejarlo en medio de los que entran y salen en busca de provisiones y más bebidas. Él queda sin palabras ni reacciones, colgado de su turbación, indiferente a ese cuerpo que lo atrajo y abandonó en una rápida jugada, tan peligrosa como un jaque al Rey, preludio del mate inevitable. Extraño bulto en medio del holgorio, ajeno a los sonidos de la masa, bebe de un trago todo el contenido. Su paladar acusa la acidez de la bebida. Demasiado limón y poco ron. Claudia se marcha. Esta noche no podrá ver a Marta. Su rostro se desdibuja en una mueca amarga y su mano busca, con un gesto de autómata, el sobre que contiene los suaves papelillos a cuadros y la hierba que le hará sentirse mejor. Su sonrisa va a caer en vertical sobre sus dedos desnudos allá abajo, en las sandalias que Claudia detesta pero él adora como fetiches de la liberación posible, especialmente en ocasiones como esta.

Calidades del recuerdo

A Paco le ha dado por recordar esta noche aquellos días difíciles de la Crisis de los Misiles cuando, junto a muchos de sus colegas, se presentó voluntariamente para defender a la Patria del peligro de una inminente agresión. Y no puede olvidar cómo, en las horas en que la humanidad vivió pendiente de un par de botones nucleares y los teléfonos rojos no cesaban de funcionar en Moscú, Washington y tal vez La Habana; ellos se entretenían al lado de su batería antiaérea memorizando textos de obras teatrales o improvisando situaciones dramáticas que nada tenían que ver con el conflicto en cuyo vórtice se hallaban. Y por una extraña asociación de ideas que se produce siempre que evoca aquellas imágenes, viene a su mente aquel cumpleaños que le organizaron años más tarde los mismos amigos que compartieron su suerte en la batería antiaérea. Eran los días del proceso contra el arte y como una protesta callada contra aquel, colgaron en la sala una inmensa foto de Paco en la que aparecía con melena, barba y bigote, vestido con camisa floreada, pantalón rojo corte campana y sandalias, un signo de *Peace and Love* pintado con lápiz labial en la frente y los dedos abiertos en señal de Victoria. Aquella fue una fiesta inolvidable hasta para los vecinos del edificio que no cesaban de escandalizarse con las extravagancias de los invitados. Pero nadie como Paco la recordaría siempre, pues apenas unos días después recibió el fatídico telegrama en el que se le notificaba su separación del teatro.

10

Lazos que unen

¡Eh, pero si ese es Paco del Real! ¡Qué coincidencia, los dos aquí en la cocina, huyendo del tumulto!

—¡Hola, maestro! Mis respetos. Mi nombre es Marcel, soy pintor y un admirador suyo desde que era niño

—¿Niño quién, tú o yo? —Y la carcajada revienta con el chiste. Vaya humor el del viejo. Marcel le mira extasiado. Quiere halagar a su ídolo, pero este no le deja tiempo.

—Te estaba observando, ya sabes, gajes del oficio y si me perdonas un consejo, escucha esto: "Es abrazándose a uno mismo como se puede abarcar mayor número de almas fraternas". Lo dijo Goethe y lo cita mi personaje en una obra deliciosa. ¡Nada importa! Nadie vale la tortura del sufrimiento.

—No, si no es que...

—Yo también me agobiaba. Claro que por razones distintas. (En tu contrariedad siento un rumor de faldas, y perdona mi atrevimiento.) Demasiado tiempo gasté consumiéndome en mis rencores, dejando de ser yo sin advertirlo. Pero un buen día entendí lo que acabo de decirte y aquí estoy, ¡levantándome!

Las palabras caen sobre Marcel como canción de *rock* brotando por la megafonía de un concierto. Bracea con ansiedad en la marejada confusa de la sorpresa agradable, y el entusiasmo del hombre que sintoniza con su estado de ánimo presente lo conquista.

—Leí que vuelve a las tablas con la reposición de *En el mismo barco.*

—De esa obra te hablo. ¿Me conoces del teatro? —No, pero he oído mucho de usted. —Pero, claro, ¡si tú eres muy joven! No puedes haber visto mi *Otelo,* ni el Yarini...

—Ni a Picasso, ni a ninguno de los grandes pintores. Soy pintor. Tampoco he visto una sola obra de Bob Wilson y no me hace falta para saber que es uno de los grandes del teatro contemporáneo. Sin embargo, a usted sí lo vi hace mucho tiempo, pero quiero disculparme, porque entonces...

Paco sacude la mano despejando estas palabras que su modestia no aceptaría por ciertas. En instantes se ha producido ese clic que hace borrarse el tiempo y crea una comunidad inmediata. La charla se desenvuelve convirtiendo al dúo en un núcleo incandescente en medio del estruendo de la fiesta. Atraviesan la marea de gente gozosa, de ruidos, risas y canciones; de bailadores y amantes entrelazados en la arritmia confusa de la euforia, del momento oportuno para la extroversión. En la periferia del baile encuentran un oasis de tranquilidad, y estimulado por las palabras de Marcel, Paco se entrega a los recuerdos acentuando los rasgos que le acercan al otro.

—Sabes, yo también hice lo mío en la pintura, pero no pasó de ser una forma de terapia. Quería decir tantas cosas que mi falta de pericia con las manchas de colores no me dejaba —y con rostro sombrío— ...yo fui joven como tú, como todos; transgresor, utópico... Y fue en el teatro donde hallé el mundo que necesitaba...

—Vaya, también hice teatro, podría decir que como terapia.

—...tuve que aprender a decir de una forma inteligente, para burlar los obstáculos de "antes de" y los de "después de", ¿me entiendes? En los primeros días del cambio, en el teatro vivimos un espacio de libertad creativa increíble. Parecía... parecía posible subir a los campanarios de todas las iglesias, a los edificios más altos de la ciudad a gritar tus verdades...

—¡Algo parecido viví a finales de los ochenta, cuando tuvimos la esperanza de una apertura! ¿Sabe de qué hablo?

—Bueno, en esa época yo no vivía en este mundo, pero claro que lo sé —y sonríe con picardía. Luego retoma su propio discurso— ...y después comenzó el acoso. Éramos considerados las peores lacras. ¿También viviste eso en los ochenta?

—¡Bueno, los plásticos...!

—Cuando uno es joven se cree invencible. Piensa que no ha habido ni habrá nadie tan audaz. Luego la vida se encarga de decirte que ese fue apenas el momento de las grandes ilusiones, pero al final tus esfuerzos te servirán, si puedes, para gozar de los recuerdos. Pero, no nos amarguemos la fiesta. Dice un amigo que los hombres se reúnen a los treinta años a hablar de mujeres, a los cuarenta hablan de comidas y a los cincuenta de enfermedades y medicinas.

Los sesenta me encuentran "de vuelta a la decencia" y me han dado por filosofar, hablar de política... Nada, ¡boberías de viejo!

—No, no. Siempre me hablan de esa etapa y del famoso quinquenio o decenio gris, pero no sé qué pasó exactamente. Sé que "se cometieron errores" como todos dicen, pero nadie va más allá. Es como una nebulosa sobre los hechos ¿no?

—Bien. Ya desde los sesenta estaba la UMAP. ¿Sabes de qué hablo? Unidades Militares de Apoyo a la Producción, el *gulag* tropical. A mí no me tocó pero, ¡cosa terrible esa! ¡De sólo pensar en la cantidad de gente valiosa que jamás pudo recuperarse! Muchos optaron por abandonar el país, ¿puede haber algo más terrible que el exilio?

—Bueno, como casi todos mis amigos. Entre la crisis y la censura.

—Perdona, pero ustedes no enfrentaron nada como los tristemente célebres "parámetros de conducta (ojo con la fraseología) para el artista en la sociedad...", de inicios de los 'setenta.

—¡Bueno, bueno! No se amargue la fiesta, "compañero", ¿Quiere una yerbita?

—No, gracias. Todos mis vicios son húmedos— Paco rechaza el cigarrillo que Marcel se dispone a fumar con do enfado.

—¿Y de esa historia, cómo saliste?

Y Paco se alarma ante los peligros que encierra la irresponsable ignorancia de estos "jóvenes de hoy".

—Solamente en mi compañía, seis personas recibieron el famoso telegrama: "Usted queda separado de la actividad cultural por no cumplir los parámetros bla, bla, bla...". No había apelación posible. Desde entonces eras un paria y no sabías por qué. Entre nosotros había una actriz que practicaba alguna religión afrocubana, dos *gays,* dos lesbianas y este que está aquí... ¡Yo vi a una madre denunciar a su propia hija ante un tribunal sindical por lesbiana!

Paco toma aire y vuelve.

—Lo mío fue por "hechicero", que fue la palabra que usaron para descalificar a alguien "extravagante y libertino en sus ideas". Bueno, para serte franco, yo estaba más loco que una cabra y creía que así podría andar por la vida sin que a nadie le importara. Y así debió ser, pero, en fin, creo que se me fue un poco la mano.

—Y ¿a la calle?

—Peor. A trabajos... no digamos indignos, pero a muchos nos ofrecieron plazas de sepultureros; otros se hundieron en el polvo de oscuros almacenes.

La cara de Marcel acaba de distenderse en la sonrisa que ya prefigura los efectos de la marihuana. Se aleja y enseguida parece conectarse otra vez, aunque a distancia, al monólogo catártico de Paco.

—Cuando me veo cargando aquellos sarcófagos... —El hombre advierte que el joven pierde contacto con su descarga y decide acortar la historia— Por suerte la pesadilla duró poco, pero dejó a muchos marcados. Como a este que tienes delante. Otros debieron irse al exilio involuntario, algunas instituciones de gran mérito desaparecieron, fueron asoladas, como el antiguo Guiñol. Ahora, ¿sigues pensando que tu generación es la elegida para cambiar el mundo? Porque, si es así, tendrás que dejarme un lugar en la fila, aunque a estas alturas ya ni sé si vale la pena.

Marcel busca rescatarse de sus terrenos movedizos. Traga aire, respira hondo, se aploma. Intenta el arte, desconocido para él, de mostrarse solidario. Por unos momentos oculta su irreverencia y trata de hallarse en aquel tiempo que no vivió por los caprichos del azar y la naturaleza, y le hace espacio a Paco en las vivencias de los jóvenes de ahora, para que se encuentre en los fragmentos del espejo roto que es la vida, año tras año, generación tras generación. Son tantas las coincidencias y tal la euforia que le sube en un dulce hormigueo desde la planta de los pies, que Marcel propone un brindis y Paco lo acepta entusiasmado.

—En estos años las cosas han sido difíciles. La época es otra y las soluciones, diferentes. Muchos de mis amigos se fueron a donde pudieron, para seguir trabajando, otros hallaron la forma de seguir viviendo aquí y exponiendo allá.

—Y tú, ¿por qué no te has ido a España, a Francia o a México?

—Porque no me da la gana de irme de aquí. O porque no tengo huevos para empezar de nuevo en un país extraño. O porque me he conformado con ser lo que soy, un pintor de desnudos para vender a los turistas en el mercado de artesanos. ¡Estoy jodido y atascado!

El joven se une al abordaje de una bandeja con vasos de algún cóctel que alguien hace navegar sobre las olas encrespadas de brazos y cabezas danzantes y vuelve a su refugio para chocar cristales en un brindis por la libertad. Justo entonces una mujer madura se interpone y encara al hombre que le hablara hace un instante.

—¿No irías a beber, verdad Paco? —y Paco sonríe y pone en manos de Marcel el vaso que sostenía listo para el brindis.

—Mi amor, le servía a este joven... eh...

—¡Marcel, mucho gusto!

—...con el que comenzaba una charla que interrumpes —y las palabras suenan un poco más angulosas en la misma medida que la cara de Paco se distiende en una sonrisa y Marcel titubea con un vaso de ron en cada mano. Antes que Julia lo advierta, abandona uno a sus espaldas y le tiende la diestra ya libre.

—¡Encantado, señora! —y ella lo ve por primera vez y le devuelve una sonrisa más dulce de lo que hubiera querido. El joven retiene la mano de ella un instante más de lo aconsejable. Todo ocurre así en el juego del azar y la sorpresa, plantando un agradable desasosiego en ambos. Algo de esas buenas cosas que no deben hacerse ha sucedido. Es la clase de sentimiento (¿o impulso?) que domina a ambos mientras Paco se afana en ocultar una botella que mantiene a sus espaldas. Entonces Julia, que no ceja en su empeño de mantenerle a distancia de la tentación, enlaza los brazos de ambos hombres e invita a seguir la charla en un lugar más alejado de los vicios. —¿Por qué no dejas de darle la lata a tu amigo y vamos a tomar el fresco? ¿Qué les parece la terraza? —Y ambos ceden, Paco frustrado, Marcel aún víctima de la turbación— Voy por un café para reanimarme. ¿Quieren? —y ella se hunde en la marea de gente. Aún está a la vista una punta de su vestido y ya Paco recupera la botella y se empina un largo trago al resguardo de la columna que flanquea el acceso a la terraza. Marcel sonríe y le imita.

—¡El placer de la desobediencia, muchacho!

Calidades del recuerdo

Marcel escucha al hombre y hurga en sus recuerdos en busca de algún momento de entusiasmo. No halla nada que no esté vinculado a instantes de diversión con el grupo de amigos, o los de mayor inspiración en la soledad de su pintura, o... pero nada que relacione con la Sociedad. De vez en vez, un capítulo de fuertes tonos épicos logró mover a algún amigo, a gente conocida, uno que otro condiscípulo. A él, nunca. Ninguna convocatoria social fue lo suficientemente importante como para hacerle involucrarse en una acción de masas. Ninguna apelación patriótica, aparente peligro de invasión, maniobras o amenazas, despertó en él un sentido de compromiso. Entonces mira al hombre que le habla y le parece que entre ambos crecen las distancias. Luego deshecha el juicio porque se niega la capacidad de juzgar a los demás. Y prefiere atraer, casi por la fuerza, el recuerdo de aquella tarde en que pintaba un mural con sus amigos de Arte Calle, a quienes siempre acompañó por entusiasmo juvenil y puro placer estético, y de pronto apareció Paco en plan de mariscal de campo enloquecido, desafiando a los demonios del orden y el poder. Caramba, ahora que lo piensa, ¿de dónde sacó esa palabrería libertaria? ¿Cuándo fue que comenzó a usar términos como "cambiar la vida" y otras pajas de esas que gustaban esgrimir sus amigos?

11

Estruendos

Cat Stevens alterna con Joaquín Sabina, Led Zeppelin con Queen, Dylan con Fito Páez. Y la pareja se anima en idolatrías de dos épocas que son una, la de los soñadores a cualquier precio de siempre. La presencia de Julia entre ambos es otro motivo de estímulo, aunque implique una pausa en el flujo del alcohol escamoteado. Esto mantiene a Paco en el difícil equilibrio, cerca del borde del abismo, aún a salvo. Marcel y Julia no han cesado de mirarse de tanto en tanto, por encima del sentido convencional de las palabras. En él mandan los instintos. En ella la sorpresa de la mujer halagada pero temerosa a un tiempo de ofender a lo sagrado. En Paco, que advierte las corrientes que viajan entre éstos, la contemplación distante de un posible riesgo que, extrañamente, no despierta sus celos. No siente la más remota posibilidad de competencia. Le alegra ver a Julia reconocida, reconocerse. Entre ambos hombres, se produce un juego que no ignora el tabú de la amistad recién estrenada, el respeto del joven hacia Paco, la elegancia del estar, del pasar por la vida. No sabría si por audacia o caballerosidad, por temeridad o respeto a su pareja, pero Paco se excusa y busca distancia de los otros. Sólo, va hacia el ángulo opuesto en la terraza para escuchar las olas deslizarse sobre la orilla con dignidad, a la altura de su propio gesto. Apenas apoya sus manos en el bordillo del muro y comienza a ganar conciencia de la calma, algo distante del bullicio, muy cerca del mar imprescindible en toda su vida, piensa: "¿Cómo ha podido tanta gente alejarse para siempre de ese mar? ¿Qué fuerza puede ser capaz de cercenar al hombre de su medio natural?" Paco no comprende. Jamás tomaría tal decisión. Tal vez si su propia vida estuviera en peligro. Pero no. Esta es su tierra y aquí se queda.

—¡Qué dice el viejo Paco del Real, carajo! —el mazazo destruye los cristales. El choque con el rostro abotagado descompone, destroza uno de sus escasos momentos de armonía. Es Raúl, que ha dejado a solas a Claudia y a la española, para dejar que la chiquilla remate con sus artes de seducción, y en una de las peores decisiones de su vida, se acerca a saludar a un viejo conocido.

—¡Mil años sin verte, Raúl! ¿Cuántos? —y el abrazo por respuesta.

—Veo que ya conoces a mi yerno. ¡Qué bien te ves, carajo! ¿Estarás haciendo aeróbicos con Rebeca? —y sigue alineando atropelladamente una frase tras la otra. Animado por una alegría casi infantil, reacciona como hace siempre que encuentra a un conocido. Un mecanismo en él se activa y enseguida convierte el momento en un acto maquinal de relaciones públicas. Ya se ha convertido en un reflejo, en una necesidad de comunicación que le hace sentirse conocido. Reconocido. Sólo que en este momento su instinto le indica la necesidad de una ligera sobreactuación, algo que ponga en primerísimo plano el recurso "inocente alegría del encuentro", para que la primera fila de árboles no permita ver el bosque, como evitando abrirle paso a la precisión de los recuerdos propios y sobre todo los del otro. Pero, inevitablemente, todo cae por fuerza de gravedad— ¡Una gloria del teatro cubano que regresa, según escucho! ¿Has visto aquel cartel? ¿Ves tu nombre en letras grandes? Pues más abajo está el mío ¿te acuerdas? ¡Asistente de dirección! —lo advierte apenas pronuncia estas palabras. Casi percibe una pulsación acelerada en las venas que atraviesan las sienes del viejo actor, viejo amigo, viejo victimado. El rostro de Paco se ensombrece y lo que está sintiendo salta sin cortapisas, con la honestidad del que no oculta sino más bien descubre, muestra, reclama en una pregunta que congela el panegírico del recién llegado.

—¿Cómo te fue a ti en todo aquel lío? Nunca más nos vimos. ¿Qué ha sido de ti en este tiempo, Raúl? —acribilla Paco sin detenerse a escuchar respuestas. Y Raúl desenvuelve un apolillado historial que se aleja abruptamente del arte y deambula entre nombramientos y designaciones como dirigente sindical en el municipio, pasando por puestos de nivel medio como funcionario, hasta llegar al lugar que hoy ocupa, subraya orgulloso —¡muy cerca del Ministro!—. Pero Paco perdió la pista a mitad del currículum. Su pensamiento regresó al inicio, comenzó a desempolvar recuerdos, volvió al punto neurálgico en su vida. Recordó que fue Raúl quien lo llamó a un lado para anticiparle en susurro cómplice la mala noticia, apenas minutos antes que fuera convocado a la Dirección y le entregaran el telegrama que lo condujo a otra oficina, en la que le comunicarían escueta, desalmada, fríamente, la decisión irrevocable: "Usted no cumple los parámetros ideológicos y morales de la sociedad socialista que construimos". Su mirada está ausente pero una apariencia de piedra delata los derroteros de su pensamiento, en la medida en que el agradecimiento que siempre creyó deberle se tiñe de sospecha sobre el verdadero papel de Raúl en aquella historia. Y Raúl percibe en la mirada del otro el rumbo que van tomando sus pensamientos. No puede evitarlo. Se enreda, pierde entusiasmo, titubea, confirmando lo que esta luz que su torpeza ha encendido sobre el pasado ha puesto al descubierto. Con voz temblorosa le pide a Marcel, que está a unos pasos de allí, conseguir tragos para brindar con su amigo. Miente. Es un pretexto para quedarse a solas con Paco, en la soledad de la confesión que permite un aparte en medio de la fiesta. Fiesta que ha cesado para él pero lo asume; algo, tal vez la fatiga de tanto tiempo en que su pequeño Sísifo interior trabaja, le castiga, le tienta a descargarse de una de esas pequeñas traiciones que pesan sobre los hombros de su conciencia. Conciencia que se agita ahora con un cierto sentido de la oportunidad. Está frente a un Paco recuperado, un hombre correcto que ha dejado de lado sus extravagancias del pasado, que supo volver de la noche marginal y autodestructiva en que se hallaba. Seguramente un hombre que mira con juicio crítico su propio pasado y que, por tanto, sabrá reconocer que el gesto del viejo Raúl no tuvo más intención que ayudarle a volver al camino correcto. Si ese juicio va a tener cabida en la conciencia de Paco, mejor es que se entere por su propia boca y no por chismes que tarde o temprano salen a flote, sobre todo, en estos tiempos en que las cosas parecen estar cambiando, y cualquier día podría revisarse la historia. Sí, definitivamente es mejor de esta manera. Seguramente Paco sabrá comprender, le perdonará y quizás hasta, ¿quién sabe?, tal vez le agradezca aquel gesto.

A unos metros, a través de un mar de cabezas que se agitan, apagadas las voces por el concierto amorfo de todos los sonidos a un tiempo, Julia observa la escena entre los dos hombres. Las actitudes de uno y otro le dejan adivinar que algo muy serio ocurre. Teme y tiene razón en temer. Ve a Raúl empequeñecido físicamente, como si estuviera de rodillas, balbuciendo frases entrecortadas. Ve a Paco impávido tomar por los hombros con fuerza a Raúl, queriendo abrirle el cráneo con una mirada dura. Ella no ha escuchado la confesión, pero los gestos son suficientes para figurar una situación de extrema gravedad. Comienza a acercarse cuando ve a Raúl bajar la cabeza y zafarse del agarre. Parece que una riña va a estallar, pero luego de un cruce de palabras chirriantes que apenas llegan a ella como residuos, actitudes sonoras, Raúl se retira y Paco queda solo, como aniquilado por un trueno. Entonces Julia avanza decididamente hacia él temiendo lo peor y apenas lo alcanza cuando Paco escapa hacia el aire, al no espacio entre los hombres. Abriéndose paso va también Marcel hacia la noche. Ha visto a la distancia la pantomima particular de aquella conversación, sorprendido por la relación entre su suegro y el artista que ha ganado su difícil admiración. ¿Qué nexo ilógico puede existir entre ambos?, fue su primera pregunta en silencio. Pero cuando las imágenes de la evidente tensión irrumpieron en sus cavilaciones, Marcel sintió el impulso, más que la necesidad, de intervenir, de reaccionar en defensa de Paco ante alguna de las acostumbradas bajezas de Raúl que seguramente causaron la violencia del otro. Su avance simultáneo al de Julia entre la masa festinada va a coincidir en un punto, la espalda curva de un Paco doblado sobre sí mismo, transido de dolor. La mujer llegó antes. Él los alcanzó justo cuando Paco descargaba su pena sobre Julia, como siempre lo hizo desde el instante que ahora las circunstancias traían al presente.

—¡Raúl me traicionó! ¡Fue él quien me señaló a la Comisión y luego vino a hacerse el inocente, el aliado, cuando sabía que ya estaba decidida mi expulsión!

Ante los ojos de Marcel, las imágenes estallan y una cortina rojiza le impide ver lo que la realidad prefigura. Entonces, sólo puede visualizar a Raúl como el ser que le hostigara durante meses con sus comentarios cínicos, agresiones solapadas, actitudes intolerables hacia él y su relación ron Claudia. Tantas bajezas cotidianas que convirtieron poco a poco su existencia en un infierno nunca fueron como hoy un motivo tangible para liberar su violencia contenida. Es ahora, en el peor momento de su relación amenazada con romperse, de su soledad abrumadora, de su recién estrenada euforia al conocer e identificarse con un ídolo viviente como Paco, que Marcel, Basquiat por esta noche, siente el escozor de la rebeldía. Palabras recién entrevistas se adhieren a su mente con el desorden de los perdigones tras la andanada: *corazón sangrante... culpa... homenaje... devoción.* Y al grito de "¡hijo'eputa!" avanza a toda la velocidad que el tumulto le permite en pos de Raúl, empujando a su paso todo lo que encuentra. El estruendo de una botella que cae y se hace añicos a los pies de una mulata encopetada da la señal de alerta a la concurrencia. Gestos, palabras, risas, pensamientos, quedan suspendidos en el aire que se torna una masa casi sólida. El silencio es apenas vulnerado por el roce de los vestidos, el choque de los cuerpos y los quejidos de quienes sufren la embestida del joven, hasta que este alcanza al grupo donde se halla Raúl aparentando una normalidad que no encaja en la situación. No cuando todos están tensos, presas del susto, y su sonrisa fingida es una mancha amarilla en el paisaje gris. La proximidad del otro destruye la fachada. La intervención de Claudia, que se encaja entre los cuerpos de ambos hombres y los separa con fuerza viril, le evita daños físicos, pero no puede detener la furia de Marcel quien, cortado el forcejeo, se libera y salta sobre la mesa del centro de la sala dispuesto a dejar salir toda su violencia mediante una agresión moral. Como ocurre cuando el azar asume protagonismo, la música cesa en ese instante y tras el chasquido del aparato al detenerse la cinta, nadie se mueve. El silencio es ahora brutal. Y Marcel lo rompe blandiendo amenazador una botella vacía que golpea inopinadamente contra la antigua lámpara de lágrimas, a escasos centímetros de su cabeza, logrando que el ruido de las cuentas al caer en diluvio acompañe sus imprecaciones.

—¡Hijo de puta! ¡Traidor! —La masa se inquieta, Marcos mira a los españoles y al loco sobre la mesa. Pablo se aferra a su brazo en plan histérico.

—¡Eso eres tú y los que como tú se arrastran lamiendo culos para subir...

Paco viene abriéndose paso hacia la mesa, en un empuje de cuerpos que se apartan sin perder su atención al joven que vocifera, y regresan a su posición cuando el empuje del que avanza cede. Junquillos estremecidos por la violencia del viento en *Auver—sur —Oise.*

—...traicionando a quien haya que traicionar!

Dos o tres brazos se tienden tratando de controlar a Marcel, pero él se defiende y sigue blasfemando.

—¡Este es Raúl, el perfecto señor, el compañero ingeniero de pacotilla...

Los ojos de la miembro del jurado se desorbitan. El productor palidece a su lado.

—¡...el papá de su niñita!

Claudia lo mira con ojos aterrados. No. Marcel no puede hacerle eso. Si la convierte en blanco de su ataque, su imagen se vendrá abajo ante el jurado. Milagrosamente, sus ojos son puños que detienen el empuje de Marcel y le hacen cambiar su derrotero nuevamente hacia Raúl. Paco llega a la primera fila de agitados espectadores. Julia recién reacciona y avanza en pos de Paco.

—¡Oportunista! ¡Frustrado! Sí, eres un frustrado de mierda que todavía quiere venir a dar lecciones, ¡hijo de puta!

Un murmullo de tono superior recorre la audiencia. El descompuesto Raúl está a punto de desfallecer cuando ve a un Paco que lo mira con odio subir a la mesa junto a Marcel y abrazarlo, como a un hijo que volviera a salvo de una guerra cualquiera, de esas que sólo los artilugios de la historia consiguen dignificar. La masa comienza a descomponerse en sentimientos diversos hacia lo que ocurre. Unos llaman a cesar el drama, otros dejan que la euforia los conquiste y sonríen como muestra de franca solidaridad con los rebeldes. Algunas miradas de rencor convergen en la cara sudorosa de un Raúl pulverizado por las acusaciones incontestables. Alguien pasado de tragos se anima a aplaudir y un sonoro ¡Bravo! provoca la hilaridad de los más cercanos. En medio de tal confusión, Paco arrebata un vaso de ron de las manos de un contertulio y alzándolo en pose triunfal, bebe un largo trago, recorre desafiante el archipiélago de rostros en torno a ellos, y lo pasa a Marcel quien interrumpe la ya incoherente andanada de insultos y bebe con el rostro iluminado por el triunfo. Entonces resuena el grito de Julia, cargado del dramatismo de que sólo es capaz la gente de teatro envuelta en una situación de verdadero drama, y vuelve a paralizar la audiencia.

Se ha hecho justicia a la masa, pero la ilusión se ha roto. A los ojos de todos, Paco, el salvador de la compañía, el protagonista de la obra y de esta noche, se ha bebido en un trago la confianza que habían puesto en él. Todos son conscientes de ello. Nadie piensa en este instante en Raúl. La parábola que dibujó el vaso en la mano de Paco hasta llegar a su boca, fue borrando a un tiempo cualquier sentimiento hacia el traidor, dejando entrever el inmenso mural del daño que esa acción causaba a todos. Y en más de uno comenzó a ascender del pecho a la garganta un ahogo de rencor hacia el, hasta ahora, héroe de la noche. Un segundo de esos que cambian el decorado sin que advirtamos cómo, hizo que el rumor casi audible fuera cubierto por el entusiasta llamado de Marcos a seguir la fiesta. Su gesticulación vertiginosa, las expresiones de su rostro, el movimiento de sus brazos fueron órdenes enérgicas impartidas a un ejército decidido a ganar esta batalla. Precisos y ágiles desplazamientos, silencios cómplices, risas fingidas y otra vez la música, cambiaron el escenario en un segundo, como en una transición entre escenas de un mismo acto. Alguien sacó a Raúl por una puerta, mientras dos o tres más condujeron a Marcel y Paco hacia la playa y un grupo de mujeres llevaban a Julia y Claudia hacia la cocina, consolándolas en sus respectivas y diversas conmociones. Los demás ocuparon los espacios vacíos en la sala, formando animados corrillos o bailando con cuidado de no pisar las cuentas que algún voluntario barría simulando seguir el ritmo de la música en un baile con la escoba. En las cuentas se esfumaba la turbación de los dos españoles, que, sin tiempo de asimilar lo sucedido, prefirieron no entender, desechar preocupaciones y recuperar la conexión con el momento previo al extraño drama que acababan de vivir. Y todo volvió a ser como era unos minutos antes. Marcos había logrado editar la realidad, sustraer un fragmento fallido de esta y mantener su apariencia de brillantez y normalidad, antes que el daño fuera irreversible. Pablo, en su desesperación por defender el viaje a España, aunque ella, "Delirio", tuviera que sufrir la humillación de enaltecer a Paco, llegó a urdir increíbles explicaciones entre incesantes aleteos y trozos de comentarios incoherentes que estimulaban la dispersión del pensamiento, el clásico humo sobre lo acaecido, prometiendo que los actores volverían en breve para conversar con ellos. El español, que había pasado a ser el foco de la atención más o menos disimulada de los presentes, quiso aceptar como buena esta leyenda, entre largas miradas a un ruborizado "Delirio" y breves sonrisas de compromiso al resto de la audiencia, para sorpresa de todos los interesados que no podían esperar más que un terrible desenlace.

12

El mar

En silencio llegan al borde del mar, allí donde la intermitencia de las olas, tenues a estas horas, enfría los pies de estos seres separados del mundo. Paco y Marcel aplacan su euforia después de escenificar una y otra vez fragmentos de su hazaña, lo que no logran hacer Claudia con su rencor ni Julia con su frustración, conscientes ambas de los alcances que pudo y, quién puede saberlo, aún puede tener el incidente. Una noria gira en torno a los proyectos de vida de cada uno. Una resaca de sentimientos y emociones encontrados. Marcel y Paco en la inconsciencia de la excitación alcohólica, saboreando la venganza contra Raúl. Julia desarmada, convencida de la catástrofe que se lleva los restos de esperanza que abrigaba en la recuperación de Paco, en la estabilidad reconquistada, parecía que ahora sí, para vivir el amor que con tanta entrega cultivara. Claudia, anonadada, sintiendo que sus esperanzas se esfumaban, dolida por el ataque de Marcel contra su padre, pero regocijándose, en esa zona oscura de la conciencia que presentimos temerosos de aceptar, por la acción liberadora que puso en la picota el posesivo amor paterno que toda su vida controló cada uno de sus actos "por su propio bien". ¿Un grupo? No. Cuatro siluetas que a un tiempo y con paso errático deambulan por la orilla del mar, de espaldas a la luz de la luna inmensa, ocultándose del escrutinio del aire, rumiando cada cual su historia, huyendo del veredicto de su propia conciencia, del juicio de los demás una vez apagado el desenfreno de la fiesta.

Marcel se desgaja de los otros. Se adelanta unos pasos hasta que su silueta se confunde más con la noche, se deshace de la ropa y, desnudo, entra al mar. Claudia balbucea palabras de inquietud y, más temerosa que estimulada, repite mecánicamente cada uno de los gestos hasta perderse entre las aguas en pos del otro. Julia vuelve a tensarse. Le inquieta el riesgo que corren los muchachos, más de lo que le sorprendió el desenfado con el que desnudaron sus cuerpos a unos pasos de distancia. Se adelanta un poco y escudriña la masa oscura y ondulada hasta que adivina dos puntos que se encuentran. Sólo entonces se entrega a la caricia liberadora del mar. Paco ha quedado rezagado y trata de alejar la confusión que lo envuelve bebiendo otro largo trago de la botella que oculta entre sus ropas. Con el ardor en su garganta viene a cruzarse la emoción que sube, provocada por el gesto de los jóvenes. La desnudez como otro desafío. Recuerda las fiestas entre amigos en aquellos días de *Peace and Love,* del amor libre. Hombres y mujeres amándose en tumulto en medio de una pieza. El alcohol y las píldoras estimulantes para olvidarse del mundo y no ceder ante el cansancio en sus orgiásticas veladas...

—*¡La audacia y el heroísmo sólo pueden expresarse desobedeciendo las costumbres y las viejas leyes...!*

Paco vociferando al viento de la noche. Julia escapando de su actitud y presencia, hundiéndose en las aguas del mar, semivestida. Claudia que se le acerca. Marcel que se les une. Estímulo, apoyo, roces —accidentales o no— en la oscuridad y el frío que exigen compañía. Y Paco en la arena, otro trago, otra consigna sacada de su texto, hilando los recuerdos de su eterno llamado a la rebeldía. Y Julia atrapada de nuevo entre la liberación del baño y la desesperanza, entre la seducción de la aventura y la preocupación por el ser que se aniquila en la arena como lo hizo siempre en los últimos años; entre el abrazo tal vez fraterno de la muchacha desnuda y la caricia acaso accidental de Marcel cuando trata de atraer a Claudia y posa su mano en el regazo de Julia. Marcel sobrecogido por todos los sucesos del día, tentado por el cuerpo de esa mujer madura cuya piel siente al amparo del bamboleo del mar, contenido por el afecto al Paco que le inspirara su acto contra el suegro. Y Claudia sorprendida por la proximidad de Julia, abandonándose en el éxtasis del éxito y el regalo de una noche de locura, diciéndose que nada podrá cambiar las cosas, ni impedir su viaje a España, ni evitar su distancia de Marcel, ni arrebatarle los deseos cada vez más irrefrenables de sentirse mujer amante de mujeres.

—*¡La desobediencia será el único resorte verdadero...*

La voz errática desde la orilla se aleja y ya casi no se escucha. El embrujo se rompe y Julia se apresura en salir del agua para alcanzar a Paco, que otra vez vocifera mientras camina, tambaleante, en dirección a la casa. Marcel y Claudia se han abrazado. Ella con frialdad de objeto poseído. Él con deseo de macho despreciado, acaso estimulado por los remanentes de la euforia recién vivida. Abrazo improcedente. Los cuerpos no responden y las mentes turbadas excusan mil pretextos. Se adivinan en el silencio. Es un último abrazo.

—Me voy por dos años. ¿Qué vas a hacer con tu vida? —Él trata de abrazarla mientras hila una respuesta, un reclamo, pero ella lo separa antes de que él encuentre un asidero—. Se acabó, Marcel. Comprenderás que después de esta noche, nada puede ser igual.

Julia corre para darle alcance a Paco. El hombre se detiene tambaleante al final de una frase que se desmorona en un quejido. Parece pugnar por encontrar el equilibrio. Dos pasos más y ella le alcanza. Es el momento exacto en que él se desmadeja entre sus brazos y la arrastra en su caída hacia la arena. Un minuto apenas que ha sido la representación, en dramática síntesis, de la vida de ambos anticipando un final posible.

Largos colmillos de morsa se derriten bajo una noche ígnea y se incrustan en su rostro guiados por las manos temblorosas tic un Raúl cubierto por un sombrero rústico, que trata de atinarle u los ojos. Una caprichosa línea del horizonte corta verticalmente su visión provocándole pánico por la terrible suerte del mundo que escora sin que él pueda acercarse al timón para salvarle. A la izquierda, el mar gelatinoso; a la derecha, el cielo agitado. Todo se confunde tras la silueta de un esperpéntico elefante daliniano escapado del jardín de Gala, que aplasta contra su pecho una hoja de telegrama mientras se empeña en absorber el aire antes de que él pueda respirarlo, antes de que un joven melenudo le golpee con una botella que se deshace entre sus manos. La garganta arde y el horizonte vertical cimbra. A la derecha se abre el metal oxidado de una inmensa lata de mariscos y los brazos de decenas de cadáveres burlones tratan de alcanzarle entre risas, vociferando en lenguas desconocidas, acompañadas de martillazos que sentencian las frases dichas en tono solemne, al tiempo que agitan sobre sus deformes cabezas jirones de lo que fuera el telón de boca de un teatro. Quiere huir. Debe voltearse pero unos ganchos se prenden a su costilla y la sombra de un cangrejo enorme crece mientras se acerca en caída vertiginosa. De su panza sombría brotan rostros entre los que distingue los de Raúl, Carlos Sánchez, Héctor y aún los brazos que le apuntan con dedos acusadores y le gritan improperios mientras se acercan con velocidad de vértigo, hasta que en el último momento el enorme animal clava en torno a él sus patas, justo antes de aplastarlo, se detiene y lo mira de cerca, riéndose como un loco con aliento a mujer en celo, a carne hervida o a piedra destrozada. Todo se mueve. Todo duele. La otra parte del horizonte también se abre como un lienzo rasgado y cientos de figuras negras sin rostro le lanzan objetos desde un lunetario gótico. No puede soportar la rechifla. Se hunde en sí mismo. Se da vuelta y por dentro es verde, de un verde asqueroso con olor a micrófono herrumbroso, a banco de parque, a celda carcelaria, a odio; que le provoca nauseas. Quiere vomitar y de su boca salen papeles y más papeles mecanografiados con una tinta agria que le escuece las vísceras. Pretende deshacer el enredo de

102

tripas y huesos que ha sacado al aire, pero se hunde hasta golpearse con el costado de un inmenso balón metálico plagado de astas quebradas de banderas y espinas que se le incrustan en el rostro, mientras olas intermitentes le alcanzan y alivian el dolor y una extraña canción incomprensible, como un susurro en la voz de Julia, pretende adormecerle. Quiere gritar y no puede. Los muertos han salido del lado derecho del encuadre, amenazantes, tratando de atraparle y enviarlo con fuerza hacia el otro lado, donde los del lunetario no cesan de lanzarle frutas podridas y animales muertos. Consigue gritar pero no escucha su voz. Algo de consuelo llega viendo a los agresores, que se han escapado de su amorfa prisión, disolverse en un agua oscura, como tinta de gomígrafo salida desde algún sitio en el ángulo que no alcanza a ver porque una pata del cangrejo le aprisiona el costado y las espinas siguen hiriéndole el rostro. La luz se va apagando. O es el olor a resina, o un inmenso sello de correos como serrucho que hiere su pupila, o el silencio más grave que recuerde, desde los días de acomodar las sepulturas, desde el naufragio del último barco, desde que grita sin poder oírse. Y todo se hace gris alquitranado, luego blanco con sonados estallidos y el maldito horizonte sigue siendo vertical y ya no puede hacer más y sus ojos se cierran o el paisaje se escabulle, con sus mares y sus muertos y todos los sonidos del infierno que no puede escuchar. Entonces se abandona en medio de un dolor casi placentero, casi protector, que le hace olvidar todo, incluido al cangrejo que ya ha empezado a aplastar su pecho, incluida la voz de Julia que ha dejado de susurrar, incluido él mismo que va dejando de existir.

Ante la imagen del cuerpo inerte, el grito de dolor desgarra el silencio y llega hasta los otros. Los jóvenes vienen en carrera. Paco yace inconsciente bajo el sollozo de Julia. Claudia pide a Marcel que busque ayuda en la casa. Es la tragedia siguiendo a la comedia y el drama. El teatro de la vida devorando a sus actores.

En la casa, Marcel halla un ambiente de plaza arrasada. Muchos se han marchado. Los remanentes se agrupan silenciosos en las esquinas. Se aman o se aburren los unos a los otros. Alguien advierte la entrada intempestiva de Marcel y le toma del brazo pretendiendo evitar una nueva tragedia.

Raúl se marchó después del incidente, acompañado de la española, le informan, y sigue el sumario. La situación quedó controlada con relación al productor español, que ahora se ha encerrado en una de las habitaciones con Pablo. Marcos está que arde y no quiere saber de Paco.

—¡Paco está mal, ha sufrido un ataque! —logra interrumpir Marcel el informe de la noche y otra vez se arma la movilización entre los más sobrios y cercanos. Reaparece Marcos, que en el acto abandona su enojo y otra vez asume el mando de los movimientos. En minutos hay un auto listo y varios contertulios han ido en busca del enfermo. Otros mantienen el muro de silencio en torno a la pieza donde se juega al amor y se defiende a cuerpo despiadado el viaje de la compañía a España.

En el destartalado vehículo que rueda hacia el hospital, las tensiones de la situación son aplacadas por el silencio y los pensamientos disímiles del grupo que se agolpa en torno al desfallecido Paco, diríase, indiferentes a la suerte del que yace. El frenazo a las puertas de Emergencias vuelve a atraer la atención sobre el enfermo y cada uno regresa a su función. Julia no cesa de llorar por el hombre que abraza, y por su vida, que parece irse con la de él en este trance. Claudia siente que debe ser fuerte para suplantar a la doliente, y con aire autoritario asume la organización de la operación ante unos camilleros que manipulan al enfermo con rudeza y frialdad. Marcel, que no atina a actuar, deviene atontada sombra de las maniobras de los otros. Cuando llegan al límite en que los acompañantes se convierten en estorbo para el personal calificado, el trío se envuelve en un abrazo que, lejos de calmar, multiplica las tensiones y la preocupación por el enfermo, a quien ven transponer sucesivas puertas que abren y cierran con chirridos y golpes dispares, como un pañuelo que se perdiera en las profundidades de un pozo, rasgando las sempiternas telas de las arañas.

Luego de un tiempo y por varias indagaciones, conocen que el paciente se encuentra en la sala de cuidados intensivos, bajo los efectos de un *shock* alcohólico. El pronóstico es reservado. Hay que mantener al paciente bajo observación. Puede que reaccione. No se preocupen. Descansen.

Amanece, pero para Julia sólo hay oscuridad en su entorno y una sensación de muro infinito la rodea, impidiéndole discernir. El abrazo y la voz cálida de Claudia le aconsejan retirarse a casa a tomar un baño, cambiar sus ropas y estar preparada para una larga vigilia en el hospital. Accede en medio de cierto complejo de culpa hacia el enfermo, y el agobio por todo lo sucedido que la empuja al irracional deseo de sentirse irresponsable ante todo y ante todos.

Claudia necesita a su vez estar sola, poner un poco de orden en sus emociones, hallar la serenidad necesaria para asimilar la atmósfera de la antesala del triunfo, y busca alejarse de Marcel pidiéndole acompañe a Julia hasta su casa. Marcel no encuentra mejor pretexto para evadir a Claudia y evitar la compulsiva exigencia de una reconciliación en la que él mismo no cree ni desea y de paso, salirse de una situación en la cual no sabe cómo actuar.

A la salida, se encuentran con un abatido Marcos y un Pablo estrujado que, con caras de tragedia, afectada o no, vienen a interesarse por el estado de Paco. El intercambio de palabras es breve. Julia no atina a hablar sin sollozar. Marcel y Marcos cruzan miradas de rencor. Pablo deshace el entuerto con afectadas expresiones y urge a Marcos a indagar sobre el enfermo. Despide a Marcel y Julia y queda solo, a la entrada del hospital.

—¡Uf! ¡Me he pasado toda la santa noche deshaciendo conflictos! ¡De esta me contratan para los cascos azules de Naciones Unidas o me meto a bailarina del Moulin Rouge de París, porque a Madre Teresa sí es verdad que no!

Calidades del recuerdo

Julia se siente abatida. Superada por los hechos trata de recordar momentos bellos, diferentes a aquellos que predominaron en su relación con Paco, los que alimentaron una historia común casi épica. Apenas vienen a ella imágenes borrosas, como viejas fotos del álbum de familia. Sus sentimientos pesan y una sensación de sacrificio inútil, de derrota y soledad le abruman. Tal vez por eso es que lo peor se impone y, cada vez con más frecuencia, se suceden imágenes desagradables del pasado. Paco desaliñado y sucio. Paco lloroso y débil. Paco violento bajo los efectos tumultuosos de la bebida. Ella apenada por algún acto vergonzoso de él en público. Ella llorando su desgracia en los días de flaqueza. El sentimiento de rechazo de antiguos conocidos, de sutil abandono de amigos más o menos cercanos. Y mientras recuerda, otra vez se activa ese tic surgido en el sufrimiento que alguna vez logró identificar pero nunca pudo quitarse del cuerpo, de alisarse el vestido y el cabello. Entonces cierra los ojos y siente que el suelo cede, y prefiere quedarse allí, en el sitio que crean sus ojos cerrados con fuerza, desamparada pero oculta en el silencio y la oscuridad de un armario gigantesco, en la casa del campo de su infancia.

13

Los otros (La soledad)

Ya en casa, Julia se desploma apenas la puerta se cierra a sus espaldas. Marcel le da apoyo con un abrazo ambiguo que ella agradece y él disfruta como hombre tentado por la mujer madura a la que no ha cesado de aproximarse en medio de la tragedia. El olor del mar en esos cabellos y el cuerpo mullido lo arrastran hacia pensamientos de lujuria, mientras su voz ensarta consuelos aprendidos en situaciones parecidas, pero que en él, por falsas, suenan más a pésame que a estímulo. Julia se dice recuperada y elude una situación que comienza a parecerle incómoda. Con unos pocos movimientos prepara la cafetera de presión y la deja al fuego. Pide a Marcel que esté atento mientras ella busca ropas limpias para luego ducharse. Es agradable el sitio, piensa Marcel, mientras su mirada escudriña cada detalle y su mente compara la fría opulencia de la casa de su suegro con la cálida sencillez de este apartamento del Vedado. Todo ello, en un nivel de su razón que no toca para nada el caudal de estímulos sensoriales que la proximidad de Julia alimenta. El ruido de la ducha le saca a flor de piel una excitación que ya no podrán detener el pudor ni los límites que la situación impone. Es ese el momento en que Marcel dice cualquier frase a Julia, pretendiendo que ella puede escucharle a través de la puerta y por sobre el ruido del agua que cae con fuerza sobre su cuerpo. Logra el propósito de que ella no le entienda, y enseguida le llega la voz preguntándole qué ha dicho. Entonces él abre la puerta y penetra en el vaho aromático del baño y busca la sombra rosada del cuerpo desnudo, extendiendo sus manos para alcanzarla cuanto antes, adelantando palabras tranquilizantes y seductoras a un tiempo.

—Él va a estar bien, pero tú estás mal, y una mujer tan bella como tú no merece sacrificarse por alguien que no quiere ayudarse a sí mismo a vivir —y las puntas de sus dedos han atravesado la cortina del agua y ya tocan el cuerpo de Julia, deshaciendo una débil resistencia que acaba por ser aceptación pasiva y participación más tarde, cuando ya Marcel la abraza con ternura y busca sus labios a pesar de sus ropas mojadas y el calor casi ardiente del agua que le impide respirar. Ambos saben que ni la asfixia evitaría culminar este momento de ardor, pero también, y sobre todo, de consuelo y amparo para dos seres solos, a pesar de sus anhelos.

En la cocina, el café se derrama sobre las llamas.

Poco después Marcel, envuelto en una toalla, bebe de la taza humeante y repasa con agrado lo ocurrido, mientras sus ropas se secan frente al raquítico aire del ventilador.

Silencio inexplicable en el espacio donde acaba de ejercerse el amor. Silencio pesado que denuncia un equívoco, o no sería sino algarabía silenciosa. ¿Qué viene después? Nadie lo sabe. Julia está convencida, y acaso resignada a que Paco abandonará todo esfuerzo por rehabilitarse. Marcel sabe que Claudia ya no existe para él. Julia se siente sola a pesar de que Paco seguirá estando, pero sin alimentar sus esperanzas de una vida normal. Marcel vuelve a pensar en Marta, su alimento en alguna medida espiritual, pero que nunca tendrá del todo, porque él no accederá al mundo de las cosas materiales por falta de vocación y posibilidades. El futuro es para ambos la soledad, soledad acompañada, pero soledad al fin. Una mancha de humedad en la pared, como de whisky derramado, acaba por bloquear sus pensamientos. Al regodeo inicial, sigue ahora la corrosiva acción de la conciencia. Remordimientos. Resaca de lo que fue un lance desmedido.

Por segunda vez en apenas unas horas hay un portazo ligado al gravitar de Marcel en torno a Julia. Un Marcel que huye y en su escapada deja siempre a sus espaldas puertas que se cierran con violencia. "Todos los portazos son abominables." ¿Por qué recuerda siempre esa frase de Kafka? Tras el estruendo que sigue a la retirada del cazador furtivo, siente cómo se aproxima la quietud y la encuentra ocupada en desembarazarse de la sensación de estar fuera de todo espacio. Ella necesita saber en qué dirección seguir. Sentada sobre el colchón, en medio de la pieza, rumia su vergüenza sazonada con los aromas del placer reciente. Vestigios atávicos le llevan a sentirse culpable por dejarse amar en momentos en que Paco convalece en el hospital. Mira su imagen en el espejo y se interroga mientras las manos buscan mecánicamente hebras de pelo que han quedado en el peine. Por toda respuesta un golpe de calor recorre su cuerpo, testimonio del regocijo de su espíritu. Siente otra vez las manos del joven acariciando sus pechos y el olor agridulce del sudor mezclado con el agua y los aromas del baño, y se sonroja al tiempo que palmotea su regazo para arrancarse las cálidas impresiones que la inquietan. En el espejo encuentra la confusión de su mirada. Y como en un movimiento en fuga desesperada, busca refugio en el recuento de los buenos momentos de su relación con Paco. La ternura del hombre en sus tiempos de lucidez. Su virilidad, que la hizo enloquecer desde el primer encuentro de la carne enamorada, aunque cada vez más la ternura fuera reemplazando los ímpetus que el alcohol hacía menguar. Su apoyo sin límites a la actriz inmadura. Su inteligencia cultivada con tantas experiencias sobre la escena, con la cultura más vasta que puedan proporcionar los libros. El magnífico anfitrión, el hombre de detalles felices. Todo aquello fue Paco del Real, a quien ella amó.

¿Amó? Pensar en pasado la estremece. ¿Qué ha ocurrido? Debe encontrar una razón que borre este lapsus de su mente. Que contradiga la frase involuntaria. O que aclare la conclusión que saltó desde un resquicio insospechado en su pensamiento. No puede refugiarse en aquel episodio de infidelidad con Marcos. Mucho menos en lo que acababa de suceder con el impetuoso e irresponsable Marcel. Estos accidentes superficiales acaso serían señales de algo más hondo. Quizás una manera de mostrarse a sí misma el rechazo a una entrega vitalicia que ya se venía pareciendo a la anulación. Sin límites. Sin recompensa. Y Julia no es la mujer para llegar hasta el fin con la cabeza gacha. Aunque con lástima hacia el hombre aún convaleciente en una cama de hospital, ella se sabe decidida a recuperar su propia vida.

En medio de la calle, está Marcel como perdido, sin saber adónde dirigir sus pasos ni su vida. Confundido, decide tumbarse sobre los restos de un banco de parque y extasiarse en la contemplación de la rutina de la mañana. El sol hermoso en el inigualable azul del cielo de siempre. El día, que se estrena con el trajín *in crescendo* de la gente tratando de llegar a cualquier parte; de los muchachos que pugnan por encontrarse con los amigos de la escuela; de los viejos enmagrecidos violentando su lentitud para ubicarse los primeros en la eterna fila del desabastecimiento. Todos en pos de algo intangible que los mantiene sumidos en una rara inercia a mitad de camino entre el afán de llegar y la lentitud del temor a no poder, o de llegar a ninguna parte. ¿Y él? ¿Hacia dónde va Marcel? —¡A la mierda! —se responde en un tono de voz apenas perceptible. Sabe que lo que acaba de ocurrir con Julia fue un lance que solo las muy especiales circunstancias del momento permitieron. Pero también comprende que ella debe de estar arrepentida de haberse permitido ese desliz, algo que él ve tan normal como fumarse un cigarrillo. Estruja la cajetilla vacía y vuelve a lamentarse —¡Mierda! —¿Claudia? Ni hablar. Conoce demasiado su capacidad de afincarse en sus posiciones.

Sabe que ya no queda espacio para la farsa. Ella no lo necesita ni lo toleraría un minuto más. Sólo le queda pasar por la casa y recoger sus cuatro trapos. Para ello debe esperar que Raúl, ese maldito Raúl, salga para el trabajo. Un encuentro con él puede ser complicado. ¿Marta? Jamás renunciará a su "marido proveedor de comodidades". Ya es sabido. Todas las artes de seducción que pueda emplear no serían suficientes para hacerle abdicar. Ni aún en aquellos momentos en que ha conseguido hacerle fumar más de un cigarrillo ella perdió el control de las horas, ni dejó de tejer el alibi para proteger su imagen frente al estúpido Joaquín. ¿Quién queda? Alguna amiga ocasional que le cobije en casa. Ninguna tiene un cuarto libre que ofrecerle ni un centavo que compartir con su arrogancia. Un amigo, tal vez el estudio que comparten Leandro y Ariel... Tampoco. No puede convertirse en el eterno intruso en esa relación tan armónica como difícil en un país que rechaza el amor entre dos hombres. ¡Ni soñar con regresar al desastroso hogar paterno! El señor abogado esgrimiría su ruptura con Claudia como otra prueba de la inutilidad del hijo que sólo su mala suerte pudo endilgarle.

Un auto patrullero pasa lentamente frente a él. Desde la ventanilla, el policía lo mira desconfiado, amenazador. Él sostiene precariamente la mirada y ensaya una sonrisa sumisa para alejar cualquier sospecha. El auto sigue y Marcel se incorpora. Debe evitar otro encuentro de esta clase. No trae consigo otro documento de identidad que el cabello largo anudado al descuido y esa —lo sabe muy bien— es la peor provocación para el compay policía. Con paso apresurado, camina en dirección opuesta. Una hora después deambula con su mochila, cargada de ropas y pinceles, por las calles de una ciudad que ignora su tragedia, ocupada como está en contemplar la galería de cuerpos que la inundan con sus movimientos sensuales. En la esquina, la luz roja contiene el avance de varios autos. Marcel corre y da alcance al primero. Se inclina para pedir al hombre que conduce —¿Me adelantas un poco, amigo? —pero antes del final de la frase su mirada alcanza la ventanilla del auto y sólo entonces advierte que se trata del mismísimo Joaquín, quien a su vez identifica a Marcel, el tipo que se acuesta con su mujerzuela querida, según rumores que ha podido confirmar. Una andanada de improperios se cruza en el aire. Otra descarga de bocina obliga a Joaquín a ponerse en marcha con chirrido de gomas. El rugido de los motores de los vehículos que pasan frente a él acentúa el tono patético de la escena. Una nube de humo envuelve su soledad en medio del cruce de las dos avenidas. En el pavimento, sus pertenencias desparramadas son la caricatura perfecta de su situación.

Calidades del recuerdo

Paco necesita asideros para poder rehacer sus pensamientos. Le urge centrarse, razonar, pero debe evitar la trampa de los recuerdos. Ha habido tanto y de todo en su vida y no quiere distraer su mente. Está en el borde y debe tomar una decisión. Se siente física y moralmente débil, como en aquellas noches de desandar la ciudad enteramente fuera de sí. ¡Pero no! ¡Recuerdos, no! Es la hora de enfrentar la opción definitiva, y no quiere almohadones ni fantasmas, no quiere sentirse entre las brumas nobles del recuerdo ni los ácidos del resentimiento. Debe pensar, pero este sueño que le hunde en un aire acuoso, esta ingravidez como de isla desierta... las luces, ¿dónde están las luces? La oscuridad no... pensar... necesita pens... ¿Y los otros? ¿Adónde se han ido nuevamente?... ¿Otra vez solo?... ¿Otra...?

14

El beso

Paco abre los ojos y ante su vista se extiende un inmenso paño gris con islotes blancos irregulares. Hacia abajo, un agujero lanza unas quebradizas lenguas endurecidas que llegan a ninguna parte. Pero esta imagen estática es muy inofensiva para traer a su mente el recuerdo del inmenso cangrejo. Es la visión familiar de los techos descascarados y las líneas eléctricas huérfanas de lámparas a las que dar vida. Es la sensación de abandono y desamparo que le produjo siempre el sentido de carencia eterna, la inercia de los años duros, la falta de estética en cada esquina de la vida. Es la soledad acompañada de la soledad.

—¿Se siente mejor, Paco?

Unos ojos negros siguen a la voz cálida y se interponen ante la visión anterior. La simpatía del rostro despeja algo de su dolor de cabeza y esa sensación de estar inflamado hasta los dientes. Es la hija de Raúl, Claudia —¡qué ironía!—, la primera persona que ve luego de su regreso de la noche púrpura, ¿cuánto tiempo? ¡Quién sabe! Y ¿qué hace ella aquí?

—No se preocupe, yo estoy para cuidarlo. Dentro de un rato va a venir Julia. Tranquilo, que todo saldrá bien.

Él no debe emocionarse, pero, ¿quién puede contenerse en esta situación? Aunque con grandes lagunas, recuerda lo que sucedió la noche de la fiesta, la algarabía y la pelea, el profundo dolor y la vergüenza ajena al constatar la traición de Raúl. Tantas luces concentradas sobre él y Marcel cuando, subidos a la mesa, desafiaban al mundo. El sabor amargo en la boca le recuerda el alcohol que bebió, primero a hurtadillas, contenido por la vigilancia de Julia, Marcos, luego a riendas sueltas, con toda voracidad, a grandes trancos. Qué vergüenza, cuánto daño se causó a sí mismo y a los demás. ¡Uf!, esta amargura que le sube desde el esófago, las náuseas, ¡oh! El vómito brota incontenible y apenas alcanza a doblarse sobre su costado para que no lo ahogue. Claudia reprime una mueca de asco y llama a la enfermera mientras sostiene los hombros del enfermo para ayudarle a mantener su posición sin que caiga al piso.

En la cama del hospital, que la enfermera acaba de rehacer, Paco se repone. Su respiración se acompasa y Claudia, luego de disimular el algodón con alcohol que han debido darle para controlar sus náuseas, vuelve a acercarse a Paco. Ahora lo ve allí, tan desvalido, con una mirada mansa y hasta angustiada, y no siente ningún rencor por el incidente de la fiesta. Saliendo apenas un paso de su obsesivo egoísmo, alcanza a comprender que este hombre maltratado por la vida es incapaz de sentimiento ruin alguno. Hay en él algo de muchacho salvaje y, al mismo tiempo, una sombra de derrota encajada en sus ojos demasiado cansados que provocan conmiseración. Claudia está tratando de comprenderlo y su cara lo dice claramente.

—Estoy donde debo estar, Claudia —dice Paco y ahora es él quien le toma una mano a la muchacha trocándose en apoyo—. Solo, pero en mi lugar. ¿Y tú? ¿Dónde quieres estar? ¿Hacia dónde vas?

La sorprende y está a punto de decir tontamente: "Me voy a España", pero se contiene a tiempo. Entiende que el hombre busca otra respuesta más allá de los días cercanos, de los planes inmediatos. Y le salen las palabras con cierto empaque y alguna arrogancia. —Voy en busca del sentido de mi vida y eso creo tenerlo claro. ¡Nada me importa más que mi profesión! ¡Ella está por encima de todas las cosas! —y queda esperando una reacción que llega a lomo de una sonrisa. ¿Qué significa esa mueca en el rostro ajado de Paco? Y otra vez él parece adivinar la pregunta y se anticipa en responder.

—¡Bien! Hazlo así mientras puedas. Así pensé yo casi todos estos años. Y, dime, ¿y el amor? ¿No amas a Marcel? ¿No amas a otra persona o a algo más allá de tu profesión? —dice agotado y cierra los ojos por unos minutos. Claudia entonces deja sus respuestas en suspenso y mentalmente ensaya variantes disímiles a las preguntas de Paco. Minutos pasan hasta que el hombre vuelve a hablar.

—Si un día te arrancan de tu profesión, ¿qué harás con tu vida? —Paco vuelve a cerrar los ojos mientras ella se llena de confusión—. Te recomiendo el whisky, dicen que es menos dañino que el ron. Al menos no deja resaca, y el sabor a madera empieza a gustarte después de la segunda o tercera vez —y se distiende con la broma, al tiempo que piensa que la mueca del viejo ya no es de sufrimiento. En verdad, se asemeja más a una sonrisa. Pasa un largo rato sin que él vuelva a abrir los ojos. Ella acerca su rostro al de él, preocupada. Una lágrima rueda del ojo cerrado y va capeando las arrugas de la piel vencida del hombre, hasta caer en la almohada

—Pero, ¡Paco! No se ponga así, vamos. —Y aprieta su mano, llena de conmiseración por el niño inmenso que se descubre ante ella.

—Vivir es saber estar sólo consigo. Y eso es algo para lo que nunca estamos suficientemente preparados.

Ella alisa los cabellos del hombre que sufre —Usted no está solo. La gente del teatro lo quiere... tiene a Julia... —dice estas palabras como si en dar consuelo al desvalido le fuera la vida. Nunca experimentó tal sensación de cariño límpido, de compasión, ni ante su obsesivo padre, ni mucho menos con su insípido marido.

—Tenía, Claudia. Nadie va a aceptar el extremo de ayer. A Julia no le quedan esperanzas. Ahora aprendí qué es estar solo, y eso no tiene sentido para una persona como yo. ¿Sabes? La experiencia es un peine que llega cuando ya nos quedamos calvos.

Claudia hace acopio de argumentos más o menos creíbles. Una cascada de consuelo trata de ahogar las penas del hombre presa de tamaña depresión. Hasta que él abre los ojos y la sorprende con una pregunta

—¿Me das un beso, por favor? —y ella tiene una primera reacción de rechazo, pero enseguida siente en el redamo la necesidad de apoyo de un ser, asexuado para el caso, que se despide del mundo. Y quiere decirle que no, que no se vaya, que no es el beso lo que necesita, que no le pida tal acto de piedad. Pero esto piensa al tiempo que su torso se inclina y sus labios se apoyan suavemente en la frente del hombre, que por un momento ha cerrado los ojos y ahora los abre, para reclamarle un poco de calidez y proyecta sus labios hacia los de ella. Claudia se sorprende pero sabe que no puede haber malicia en el reclamo, dada la situación lastimosa del anciano. Y reconforta al hombre que recibe inerte el calor de sus labios llenos de energía y ambiciones. Él puede presentir la fuerza razonablemente egoísta que anida en la joven e impulsa sus acciones. Aún escéptico, se ve reflejado en aquellos ímpetus y sin saber por qué, una extraña complicidad le anima. No puede actuar ahora cual carne moribunda ante la fuerza de quien va en pos de lo que él ya tuvo. Se deja contagiar. Separa a la muchacha a la distancia de sus brazos extendidos para poder hacer foco en sus ojos. Concentra sus exiguas fuerzas en las palabras y le dice con afectada teatralidad.

—Tú debes tener razón. Ya no sé ni lo que digo. Pero bien vale la pena probar, una vez más, quizás la última, a hallarle sentido a esta vida, a lo que me quede de ella —ahora su sonrisa no parece una mueca. Y Claudia se felicita por haber logrado aupar al hombre que antes se dijera vencido, Con un gesto materno, le acomoda la almohada y le conmina a descansar. El silencio está ahora cargado de luz. Y de esperanzas.

15

Gran premier

"Delirio" está "de los nervios" esta noche. No sabe de cuántas maneras ha hecho y deshecho su maquillaje. Cuántas veces ha planchado el pantalón para que los filos queden impecables. Todas "las muchachitas" de su ambiente irán a verle en el protagónico de esta obra que la llevará a "las Españas, mi'ja". Marcos ha venido dos veces al camerino, sólo para preguntarle si se siente bien, si se cree capaz de hacerlo. ¡Ay, esa desconfianza del bendito director la trae de punta! Pero, ¡el pobre! No tiene nervios ya, se los comió junto con las uñas.

—¡Mark, cálmate! Te va a dar una *ferecía*. Este niño está como Leo di Caprio, ¡en su mejor momento!

Marcos sabe que Paco salió del hospital. Julia vino a parlamentar la aceptación y el perdón como si él deseara otra cosa que ver a Paco sobre el escenario. La asistente de dirección ha ido tres veces a casa para observar a Paco y dar un parte sobre su estado físico y emocional. Toda esta operación la ha desarrollado Marcos, el gran organizador, sin que Pablo se entere. No quiere transmitir inseguridad, pues le queda este único y precario recurso para no cancelar la premier. Pero este maldito Paco, con su desastre en la fiesta de la playa... Si al menos fuera capaz de comportarse y tuviera el valor de aparecer hoy. Es una barbaridad, lo sabe, pero todo lo que está en juego esta noche lo obliga a tomar decisiones riesgosas. Decisiones que tendrán sus consecuencias sobre la moral de la compañía y su imagen como director. Pero también sabe que si Paco le salva la situación esta noche, los demás se olvidarán de todo cuando se vean en el avión hacia Madrid. ¡Coño, Paco, decídete carajo! Invoca mentalmente todas las energías posibles para que influyan en los ánimos y la entereza física del hombre que todos, y a pesar de todo, desean ver en la escena cuando se abra el telón.

En casa, Julia comienza a vestirse con ansiedad. De tanto en tanto, mira a través del espejo a Paco, aún tendido en la cama, con la mirada clavada en el techo, cual víctima de la pelea verbal de esta tarde. Ella sabe que él se debate en la duda. Pero hay algo más en la mente de Paco. Dos procesos marchan en paralelo dentro de su trajinada cabeza. Hay un monólogo intenso que conducirá a una toma de decisión: Vencer o dejarse vencer por las circunstancias. De trasfondo, como involuntariamente, hay un diálogo entre Paco del Real y el personaje que alienta toda una actitud moral, una filosofía de vida que coincide con aquella de la que el hombre que piensa, necesita.

Y Julia vuelve a peinarse, luego de desenredar varios cabellos que quedaron en el cepillo. Cuando su imagen queda compuesta por enésima vez y su paciencia no alcanza para mantener el silencio, se torna y mira a Paco con dureza.

—Entonces, mantienes tu decisión, ¿sí o no?

Por toda respuesta el hombre se incorpora sin mirarle siquiera, toma su camisa del colgante y dice en voz queda, más resuelta.

—¡Vamos!

—¡Paco vendrá! —susurra la asistente al oído de Marcos. Él la interroga con el más expresivo de los rostros sobre la naturaleza de su afirmación. ¿Lo adivina o lo sabe? Pregunta su entrecejo fruncido. Ella repite —¡Vendrá, vendrá!

Marcos no puede depender de suposiciones. Ni de los nervios de Pablo, quien evidentemente no podrá con la responsabilidad que le ha dado movido por la desesperación.

—Por favor, llama al "gallego", tenemos que suspender la función —dice en un quejido agónico que deja de una pieza a la asistente de dirección. Ojos desorbitados que inquieren por una confirmación de lo que sus oídos acaban de escuchar.

Frente al teatro se agolpa un público heterogéneo en edades, pero igualado por su afición a las artes de la escena. Hay la expectación que despierta un estreno en una ciudad donde los espectáculos no se cuentan por decenas, realzado hoy por las especulaciones sobre el regreso de Paco del Real a las tablas. Entre los contertulios, un grupo de efebos desmiente lo que anuncia el cartel de la obra:

—Paco no estará. Está enfermo. Lo sé de buena tinta ¡Lo sustituye Pablito Ricard, niña!

Las especulaciones aumentan el misterio de una pieza de la que ya se comenta en los corrillos de fanáticos.

—¡Dicen que es fuerte! ¡Es una parábola del poder! ¡Del aquí y ahora!

—¡Cómo va a ser, si es una obra de los sesenta y está basada en un texto de Cocteau!

—¿Y eso qué importa? ¡Aquí sabemos leer hasta los subtextos de la Biblia!

En la esquina, a unos metros de la puerta principal del teatro, Paco y Julia contemplan el tumulto que espera, a pesar de que aún falta más de una hora para el comienzo de la función.

La asistente irrumpe en la oficina del director. Por suerte para todos, no alcanzó a hablar con el español antes de confirmar la buena nueva —¡Llegó Paco! —grita. Y ante la confirmación, Marcos corre hacia el camerino anticipando y, de ser posible, intentando aplacar con mil explicaciones vanas la explosión de Pablo cuando vea sus ilusiones volar por los aires. La entrada de Paco, apoyado en Julia, es recibida con un aplauso en el que se adivina el lastre de callada condena por el incidente pasado, y una exclamación unánime de alivio de los actores y técnicos de la compañía. La *troupe* se anima. Desde el camerino, un turbado Marcos viene al encuentro de Paco. En su saludo de bienvenida se perciben los estragos de la espera incierta, el rencor contenido de su autoridad desafiada y, a pesar de todo, la gratitud inmensa ante el amigo que viene a salvar la situación. Y como si la noche anduviese sobrada de resistencia para emociones fuertes, Paco detiene la algarabía con una frase:

—He venido cumpliendo mi palabra, pero no sé si pueda hacerlo. ¡No tengo fuerzas!

Conmoción sin límites. Estupor. Desmayos. La alegría de momentos antes se vuelve frustración, temores, cólera.

Pablo suspira aliviado mientras Marcos se deja llevar por el desenfreno y vierte sobre el otro un mar de argumentos, súplicas e improperios. Un barraje emotivo tal, que sólo la intuición de un director y la astucia de un avezado artista pueden combinar en dosis adecuadas para conmover a un hombre, aún al hombre desecho y revuelto que es en ese instante Paco del Real. Y cuando este no tiene otra opción que aceptar las evidencias, cuando tiene que rendirse ante las razones y sinrazones de Marcos, la calma regresa y un clima de excitación se instala entre bambalinas. Faltan apenas cuarenta minutos para abrir el telón.

... Una generación no está hecha de personas de la misma edad, sino de personas que viven y trabajan juntas... por así decirlo, en el mismo barco...

El silencio pesa más que la oscuridad. Sólo la figura escapa de lo negro apenas sostenida por líneas luminosas que dibujan su silueta a la altura de los hombros. Su sombra es un cuchillo que penetra el haz sobre la escena y amenaza desatar las pasiones de la audiencia.

...ahora bien, desde hace algún tiempo, muchos pasajeros caen al agua. Pronto quedará tan poca gente de la tripulación que el barco irá a perderse en alta mar y se convertirá en un pecio...

Se activa imperceptible el sobrecogimiento de la masa oscura. Negro vibrante sobre negro en postración.

¡He visto desaparecer tantos capitanes!

Murmullo de ventanas acosadas por el viento.

...con frecuencia, he tenido que tomar la rueda del timón cuando, antaño, descansaba confiado en la sabiduría de navegantes más advertidos que yo...

La figura se recoge sobre sí misma, hasta que el largo mutismo de la audiencia salta en añicos y la ovación lo acribilla. Él se hunde en una profunda reverencia al tiempo que en su gastada pupila la sala, el público y la extensa curva del proscenio ascienden como la luz. Su cabeza pende muy cerca del piso y la sangre se agolpa, queriendo estallar por gravedad y júbilo. La ovación aplastante del respetable que delira al otro lado del foso le hace levitar como un sueño dentro de otro sueño. Todo en un momento. Años de vida que suben y bajan con el vértigo acuoso de una ola de recuerdos, alegrías lejanas, vacíos que se esfuman ante la emoción. El telón baja y cercena la maravilla del reencuentro entre aquel público y un Paco del Real que vuelve a ser el mismo de entonces. Una vez incomunicado por la gruesa cortina y aún antes de que la avalancha de actores se lance sobre él, Paco del Real masculla improperios extemporáneos mientras llegan los primeros abrazos, los segundos gritos, los muchos besos, la algarabía. Marcos no aparece aún. Se reserva el gesto teatral de director orgulloso de su baza de triunfo para el momento en que la *troupe* se abra en dos y un pasillo improvisado los lance el uno contra el otro, con el dramatismo que requiere el momento, según lo mil veces visto en las películas norteamericanas, y luego la histeria a niveles que exigirían un ¡corten! al más extravagante de los directores. Pero, ¿dónde está Julia?

Sola, en una esquina del inmenso escenario, aislada como lo estuvo todos estos años, inmersa en su voto de sacrificio para salvar a Paco. Y Paco parece hacer caso omiso, por el momento, de la extraña actitud de quien durante toda la vida le diera aliento, conminándolo a responder ante el reclamo de Marcos y los suyos.

Aparece un ramo de rosas y los corchos de varias botellas de cava saludan con estruendo el éxito de la representación. Alguien propone un brindis. Entonces Paco se alza sobre el silencio para hablar. No tiene organizadas las palabras, pero sabe lo que quiere decir. Tanto, que le sobra el tiempo mientras el rumor de voces se apaga en torno a su fatigada voz. Tiempo en que pasan por su mente tantas cosas... Y entonces habla:

—¡A todos ustedes, gracias, muchas gracias! —Parece que es todo. Al menos para el grupo eufórico lo es. No hay que esperar por la confirmación del productor español. La respuesta del público ha sido más que convincente para que todos se sepan en España. Para que desaparezca el rencor hacia el hombre que unas noches antes había puesto en peligro el sueño de muchos, porque ahora él ha sido el protagonista de una velada que hará realidad la quimera. Y siguen los abrazos y las felicitaciones, pero no hay alegría en Paco, que ahora, en escandaloso silencio, no deja de reclamar la atención de la Julia distante y apagada. Pretende acercársele y ella rehúye su gesto. Él sabe la razón de tal actitud y porque la sabe, prefiere no reproducir aquí las angustias ya vividas en casa, momentos antes de decidirse a venir al teatro. Un cambio sin transiciones se produce en su ánimo. La engañosa sensación del éxito que rezumaba su mutismo desaparece. Va en busca de Marcos y separándolo del grupo lo paraliza con una declaración:

—Te estaré siempre agradecido por la oportunidad que me brindaste, pero se acabó, hasta aquí llegué.

—¿De qué hablas?

—Déjame terminar, por favor. Cumplí contigo y con el propósito de ellos de llegar a los escenarios de España. ¡No me interrumpas!, por favor. Esto parece una salida, pero no lo es. Sé que aquí, "en el mismo barco" que zozobra fuera del escenario, hallaré otra manera de vivir la libertad que busco. No quiero engañarme con una historia ajena. No quiero obligarme al viaje como olvido. Tendrás que reemplazarme.

—¡Pero estás loco, Paco! ¿Qué dices?

—A ti, como a Julia —la busca con la mirada, pero Julia no le escucha— ¡Muchas gracias! Y a todos los demás, especialmente a Pablo, deséales de mi parte mucha suerte y éxito.

Marcos no puede creer lo que acaso cree escuchar. La situación despierta la atención del resto. Los más cercanos logran captar lo que ocurre. El murmullo se extiende. Hay intentos de acercarse a Paco, de agobiarlo con nuevas razones, pero ya él cortó las ataduras de todo posible diálogo. Su mirada está en la silueta de Julia que sigue allá lejos, anclada en el territorio de su propia verdad y mira a Paco de frente, casi desafiante, pero sobre la silueta del hombre sólo ve pasar un desfile de imágenes fragmentadas por los sucesivos *blackouts* y las escasas iluminaciones acontecidas en todos estos años. Sobreimpresa, la foto fija de Paco que se oculta en un lateral, minutos antes de salir a escena, arrinconando su miedo con la dudosa ayuda de una botella de ron disimulada entre la utilería. Paco sabe que ella lo vio. Y sabe que en ese exacto momento perdió a Julia, ya para siempre; que aquel trago marcó el final de este trecho en su andar. Por eso ahora, ante la mirada pasmada del grupo, dice unas últimas palabras que pretenden alcanzar a todos, aunque su voz salga afelpada.

—Muchachos: Paco del Real no estará más en las carteleras. Esta noche fue suficiente para saber que valió la pena vivir —y la frase lo lleva a una asociación involuntaria con aquella muchacha italiana. Julia ha sentido el mismo efecto como una acción más de extrañamiento, casi como una agresión contra la más remota posibilidad de reconciliación.

—Lo que me queda, tengo que hacerlo a mi manera. No pongamos en riesgo la maravilla de esa ilusión para que siga siendo eso. Ustedes van a poder, como siempre ha sido. ¡Suerte!

Ante el asombro de todos, Paco desciende lentamente del escenario y va en busca de la salida. No está Julia a su lado acompañándole. Va solo. Pareciera un cuerpo vacío, carente de expresión e intensidades. Su silueta, flotando en la levedad del abandono, se va perdiendo en la oscuridad de la sala vacía, como un avión que parte llevando en su interior a un ser querido al que, sabemos, no volveremos a ver jamás. La oscuridad se va tragando su figura cada vez más pequeña, envuelta en el incierto canturreo de una canción incomprensible.

ÍNDICE

En la colección Caribdis

Ángeles desamparados - Novela - Rafael Vilches Proenza

El regreso de Mambrú - Cuentos - Ángel Santiesteban Prats

Tatuajes - Novela - Amir Valle

Gajes del oficio - Cuentos - Luis González

Imágenes y figuras - Cuentos - Hendrik Rojas

Las sendas de la noche - Novela - Giovanni Agnoloni

El cuentista bajo la encina blanca- Antología personal (1968-2018)

Cuentos - Juan Calderón Matador

¿De qué mundo vienes? - Novela - Luis Pulido Ritter

Nada más que diablos - Cuentos - Alonso Burgos

El pianista y la noche - Cuentos - Antonio Álvarez Gil

Mediterráneo - Novela - Galina Álvarez

La herencia Kafka - Novela - José Manuel Costas Goberna

Dómino de dictadores - Novela - Alfredo A. Fernández

La playa de los perros románticos - Novela - Marino Magliani

Inquisición roja - Novela - Rafael Vilches

El hueco - Novela - Ana Rosa Díaz Naranjo

Annette Blanche, una chica del norte - Novela - Juan Manuel Villalobos

Amantes y destructores - Novela - Gustavo Forero Quintero

Fe de erratas - Cuentos - Johan Ramírez

Formas de luz - Novela - Marco Tulio Aguilera G.

Todo el mundo tiene una historia - Novela - Xavi Simó

La sombra del HMS Rosalie - Novela - Israel Gutiérrez Collado

Muertes trece siete vidas - Cuentos - Néstor Ponce

Gorriones bajo la lluvia - Cuentos - Milia Gayoso Manzur

Hijos varios - Cuentos - Grizel Delgado

La maquinaria - Novela - Frank Castell

La pluma de la libertad - Novela - Ulises Laertíada

Vocación por la muerte - Novela - Antonio Gutiérrez R.

9 798736 770571